CB062549

eu que amo tanto

marília gabriela

eu que amo tanto

fotos **jordi burch**

ROCCO

Para meus filhos, Christiano e Theodoro, que amo exageradamente.
Eles não reclamam.
Para Ricardo Amaral, que ama seus amigos exageradamente.
Eu não reclamo.
M.G.

Dedicam-se-me:
Mãe, amor que doi de tanto. mixu amor-rer de amor, zeza e miudos,
amor de outros amores, djoy e familia bastos, amor de irmãos,
de vida... amores com defeitos, perfeitos.
J.B.

E tem que, de repente, em meio ao descontrole, enxugamos os olhos, alisamos a roupa e saímos à rua, acreditando que há um sonho ali na esquina e que dele depende a nossa salvação.

a angústia	11
a privação	23
o sexo	35
a personagem	45
a expectativa	57
o desespero	67
a reconstrução	81
deus	91
a imaturidade	103
a inquietação	113
a busca	123
o pânico	135
a ilusão	147
posfácio	157

a angústia

Eu tenho trinta e dois anos, sou secretária administrativa e às vezes penso que não tenho nenhuma vergonha na cara. Só às vezes.

Levo uma vida assim, de trabalho, de estudos, estou terminando meu curso de Economia e tenho um cachorrinho que me toma um pouco dessa vida e depende de mim. Ele e uma certa pessoa, eu acho.

Eu era empregada doméstica. Minha patroa me deu casa, comida e me deixou estudar. Até roupa me dava. Depois fui morar sozinha, passei num concurso do Metrô e mudei de emprego. Com as minhas economias, paguei adiantada a faculdade.

E me divertia, ia pras baladas, saía – hoje com um, amanhã com outro – e beijava, beijava muito, beijo na boca, beijo bom, de língua mesmo. Curtia tudo, pessoas novas, viagens, não estava nem aí pra nada. Até que um dia, uma cerveja mudou o meu destino. Muito louco, isso.

Eu ia a uma festa naquela noite, precisava fazer as unhas, estava numa fase de me sentir bonita, fui ao cabeleireiro e tive de esperar porque a manicure do salão só poderia me atender mais tarde. Se eu tivesse sentado e lido uma revista de fofocas, tomado um cafezinho ou até tricotado com a freguesa ao lado, vai saber como estaria hoje?! Mas não, fui procurar um boteco pra tomar uma cerveja e encurtar o tempo.

Dois, três goles e, alguns pensamentos depois, ele chegou lá. Aquele que seria meu homem, o homem da minha vida, chegou, percebe?

Estava assim meio bêbado, pediu meu telefone, ofereceu carona, tascou-me um beijo e me ligou duas semanas depois quando eu quase não lembrava mais. Saímos na mesma noite. Na manhã seguinte, ele já morava na minha casa. Veio pra ficar.

Você entende isso? Eu não entendo. Acho louco, louco. Se desse pra voltar atrás...

Essa angústia não pode ser paixão. Não é amor, é doença, doença. Moléstia de não querer ver amigos, de só querer ficar junto, de não comer.

No começo era lindo. Eu me lembro. Tenho certeza. Não tinha briga. Havia respeito, tantas risadas, afeto, noites maldormidas, até que não mais.

Complicou no dia em que ele me proibiu de botar o lixo na rua porque o vizinho, claro, ia mexer comigo. Depois era eu que não conseguia trabalhar, e ficava ali, de olho no telefone, e então ligava e... Onde você está? Fazendo o quê? Com quem? E ai, ai se ele não explicasse direito, e ai, ai se ele não pudesse falar! Nenhum trabalho urgente, nenhum dever maior do que sair correndo, desesperada, até encontrar esse atropelo, essa fatalidade de pessoa, que nem meu tipo faz.

Sabe ciúme? Não sexual, não. De tudo, de alguma coisa maior, gigante, indefinível, ciúme da essência. Sabe? Assim. Ele achando que eu tinha outro. Eu querendo provar que não. Eu, justo eu que sempre fui sacana, sacaneava mesmo os homens, agora assim, com medo de perder. Perdê-lo. Não posso.

E que nenhum homem me olhe, pois não vou olhar de volta, não vou achar lindo por mais bonito que seja. Se eu olhar de volta, mesmo sem querer, é como se eu estivesse traindo. É isso. Eu não sei o que é isso. Eu não tenho raiva dele. Eu tenho raiva... dele.

Já falei que é alcoólatra? Eu já não bebo mais. Nada. Nem cerveja. Alguém tem que dirigir! Sabe aquelas cicatrizes que ele tem na cara? Foi acidente de carro. Ele embriagado, pra variar. Agora jurou que está tentando largar. Só toma uma misturinha de água com vodca que carrega numa garrafa pra cima e pra baixo. Tipo um floral de Bach. Começa logo cedo e segue e vai.

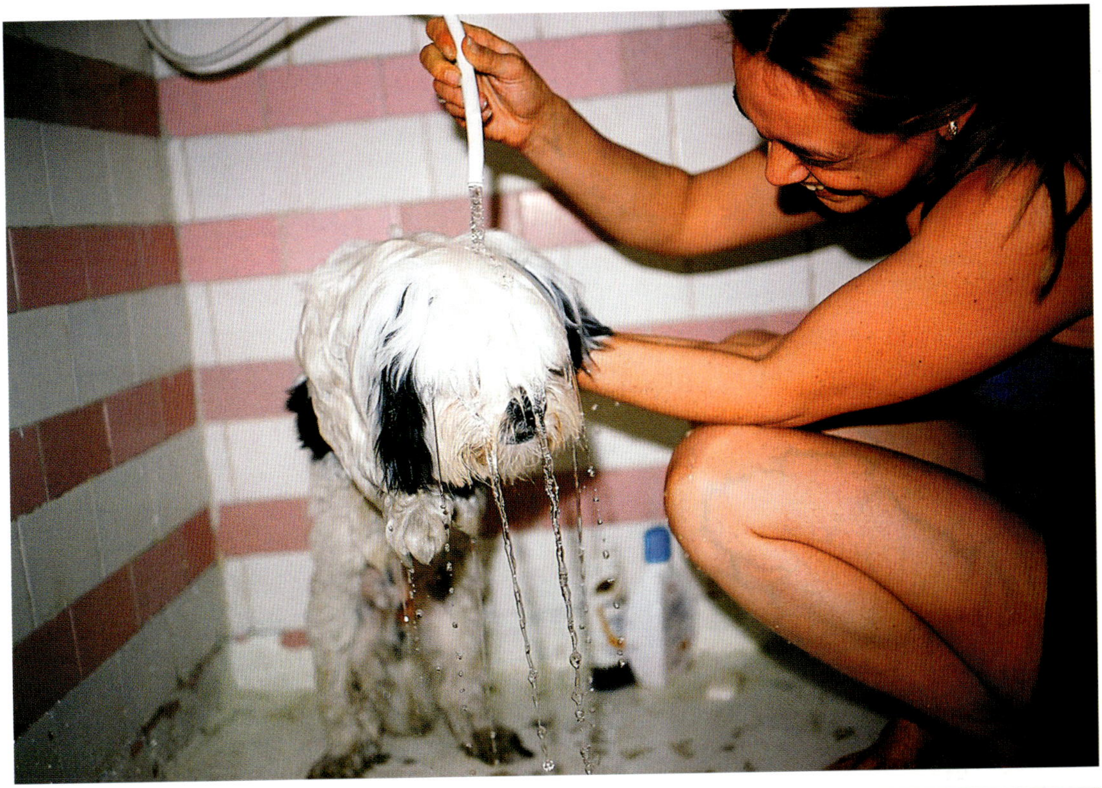

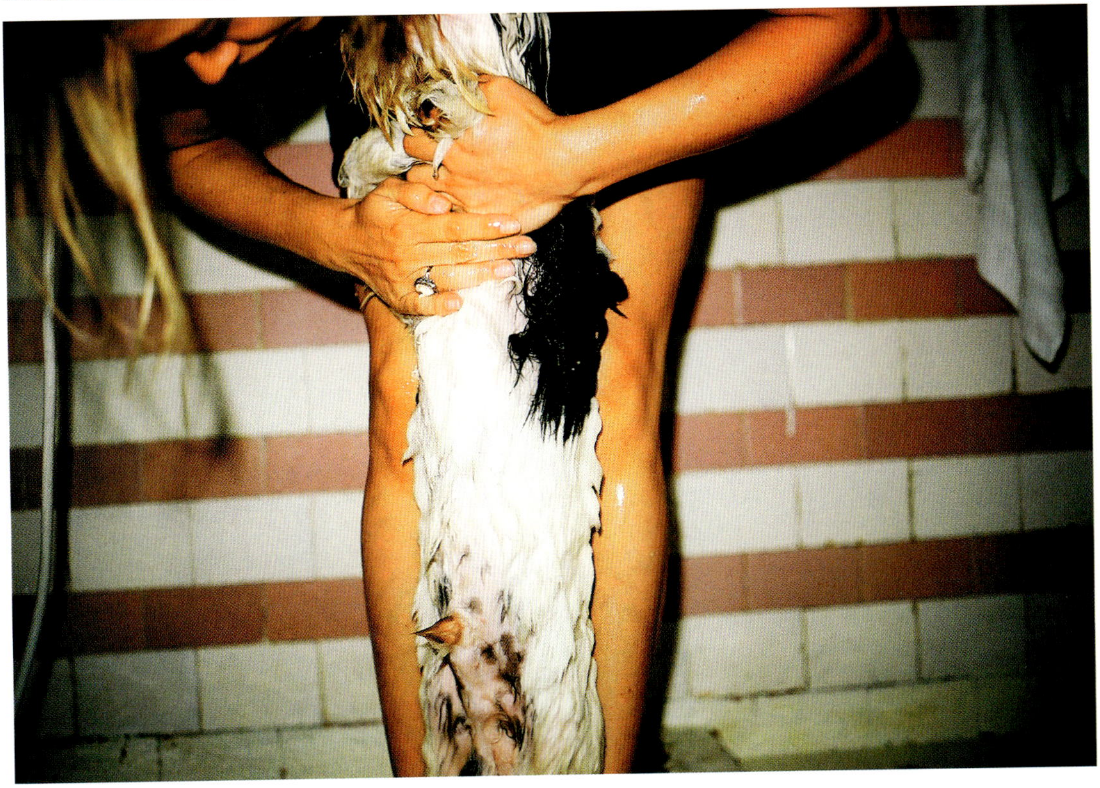

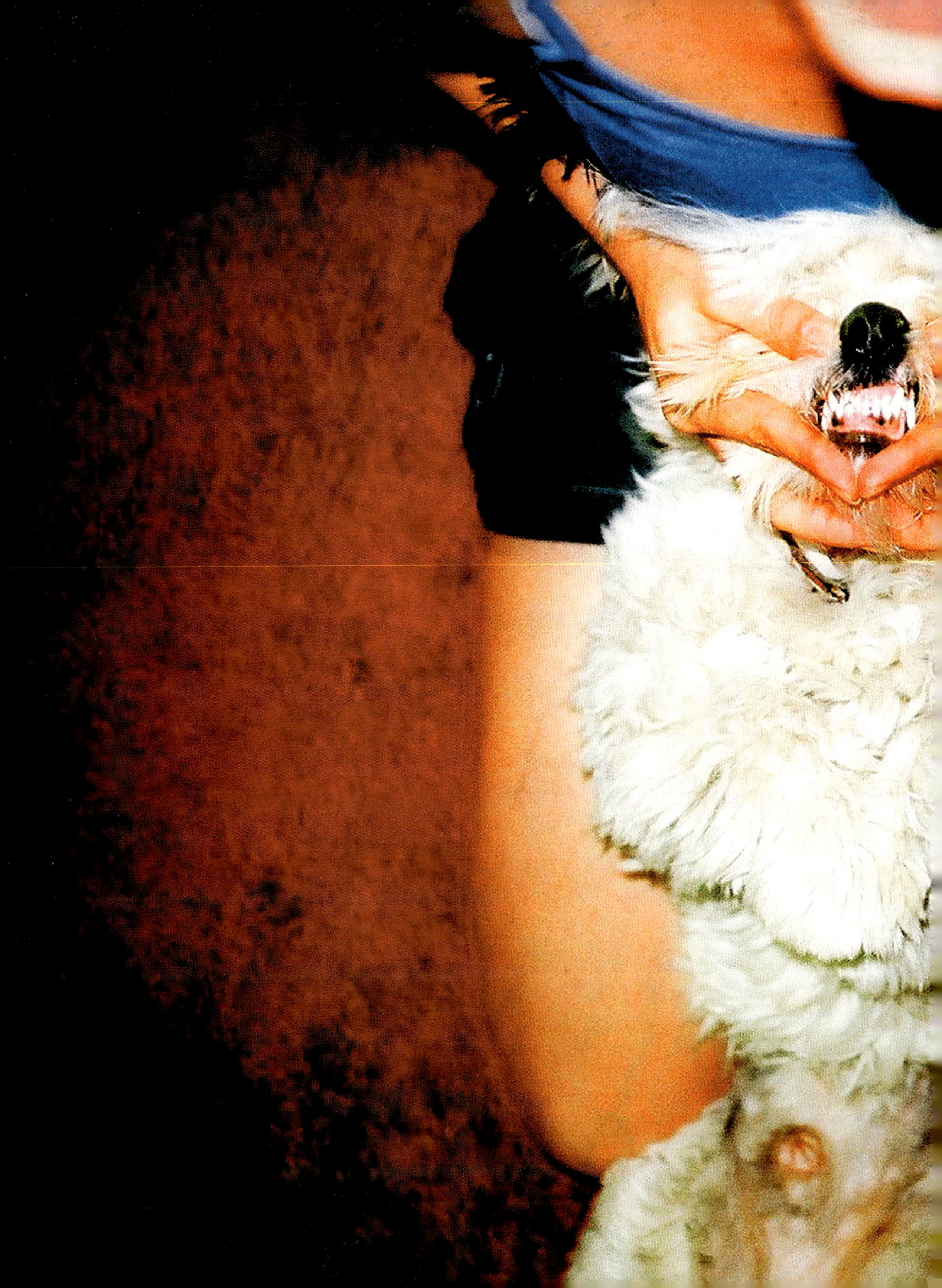

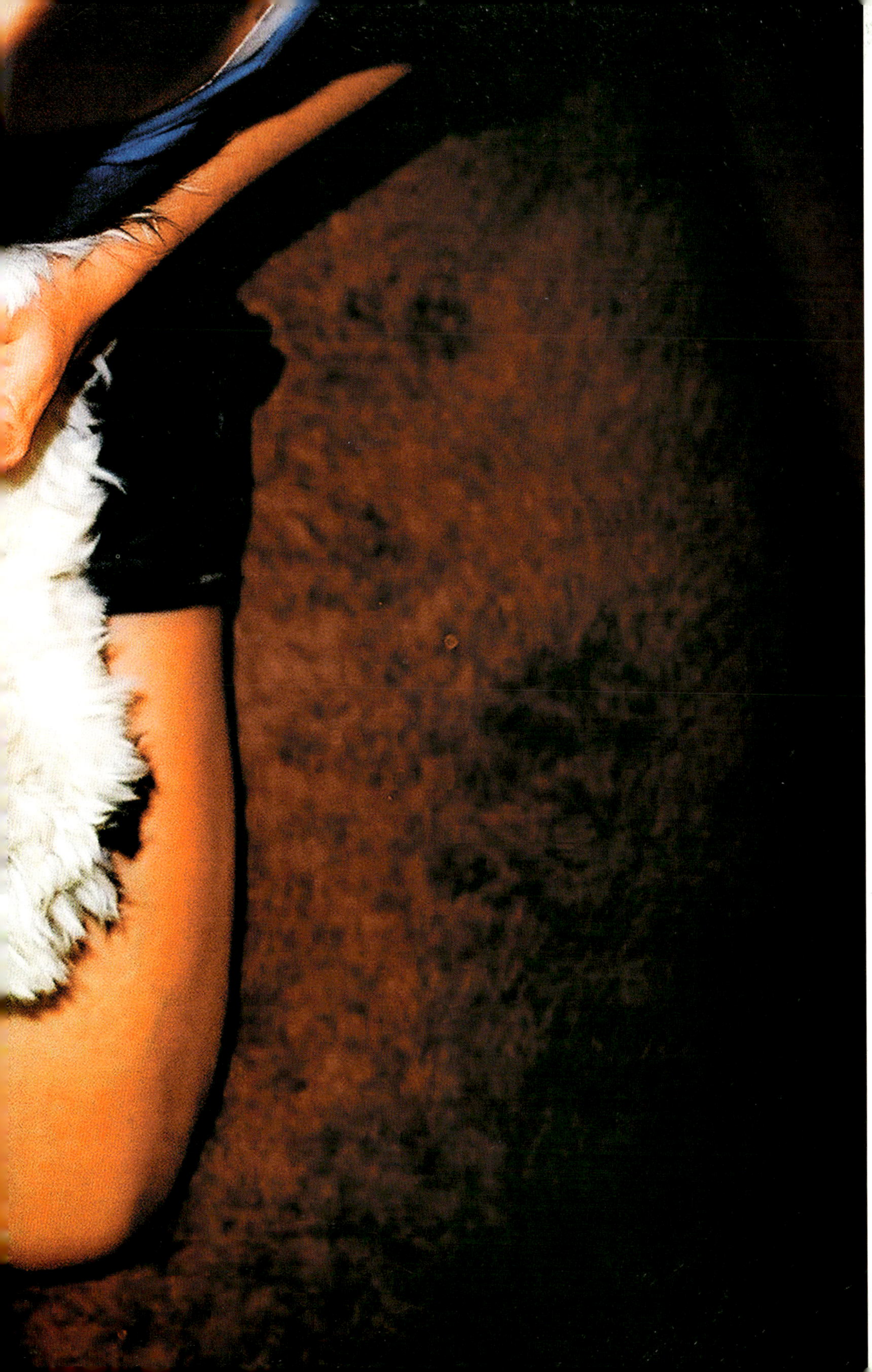

Olha... A gente se largou por três meses. Doeu, mas eu quis. Eu e todo mundo, né? Todo mundo é contra, inclusive a minha mãe e a dele. O que eles não entendem é que assim dá mais vontade ainda de juntar. Perdi uns dezessete quilos nesse tempo. Ele, uns doze. Até o meu cachorro emagreceu. Uma tristeza. E foi bem por causa do cãozinho, que foi ele que me deu, que resolvi terminar. Onde já se viu ter ciúmes de um cachorro? Onde? Já havia tomado todas, brigou com o pai por causa de um pedaço de bolo, brigou comigo que não dei apoio, depois jogou o coitadinho – que ladrava – no chão, com toda a força.

Voei pra cima dele e bati, bati e bati até passar minha feiúra, minha tristeza, a frustração e esta solidão estranha. Chutei, chutei e hoje sinto mais esta culpa quando vejo ele mancar. Estourei seus tendões. Deu no que deu. Foi. Culpa e angústia, belas companhias arranjei para mim!

Foi do meu patrão a resolução de me internar. Eu não queria. Mas é que não comia, não dormia, não me concentrava e não conseguia trabalhar. Só fumava, fumava e fumava. No hospital, continuei apática e à base de soro. Vinda de longe, chegou minha mãe, ai mãe, e percebeu que ia perder a filha porque, eu juro, este amor só acaba se um dos dois morrer. Quando me forçavam a engolir alguma coisa, eu dava um jeito e vomitava escondido. Tem hora que você tem que tomar posição. A minha foi essa: dentro de mim nada entra além do meu homem e deste amor que me ocupa e aumenta dia a dia!

Então minha mãe foi atrás do meu remédio. Foi atrás da minha vida.

Pensando bem, não fez mais que a obrigação. Acho mesmo que substituí o carinho que ela não me deu, o colo que eu precisava e não tive, por tudo que ele consegue me passar de bom.

Eu contei que meu pai brigava por ciúme e então ela ia embora por uns tempos, contei? Eu ficava sozinha com ele. Ainda hoje consigo sentir aquele cheiro adocicado de álcool que ficava no ar quando estava por perto. Meu pai.

Neste momento estou feliz. Um pouco. A angústia diminuiu. Parece. Hoje à tarde eu o levei à casa da minha sogra. Ele é administrador de empresas, mas anda sem condições de sobrevivência e estava parado por lá. Foi buscar suas coisas pra voltar pra casa. A minha. A nossa. Fiquei no carro, que não vou ficar dando mole pra gente que não me respeita.

De repente, no retrovisor, surgiu uma piranha velhona, uma fulana que já comprou bebida e se agarrou com meu amor. Veio correndo atrás dele até a porta da casa, quando ele estava saindo. Piranha e amiga da minha sogra, que não vai com a minha cara! Fez olhinho de boazinha, disse coisas que não ouvi, passou a mão no rosto dele e depois se arriscou num longo abraço.

Desci, agarrei a vagabunda pelos cabelos e bati e bati até ela chorar e pedir pelo amor de Deus de joelhos. Ele assistiu a tudo e gostou, que eu sei. Nós somos um.

O meu cãozinho voltou a comer bem. Agora a gente está pensando em largar tudo e ir viver em Miami. Ou Minas Gerais.

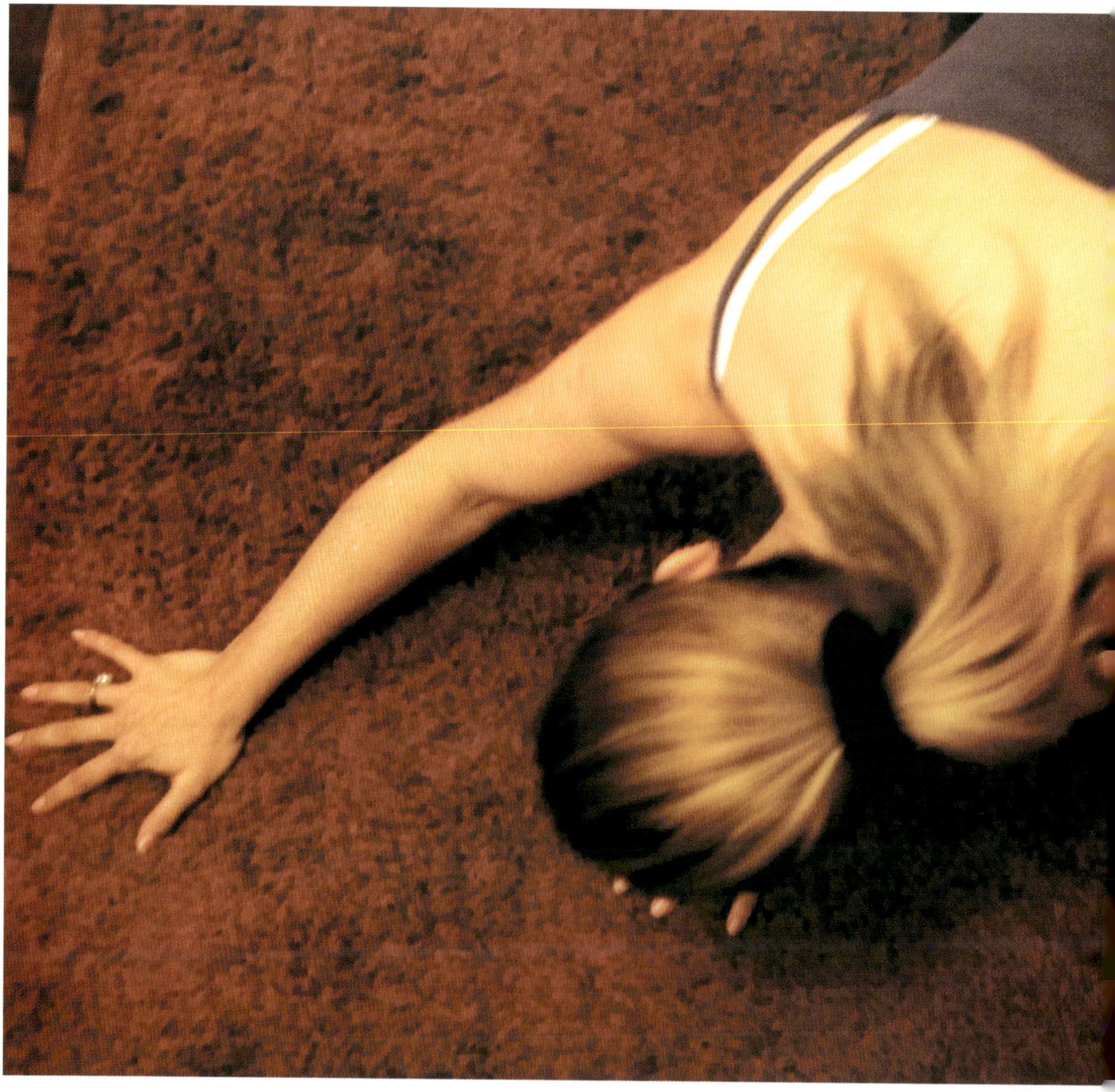

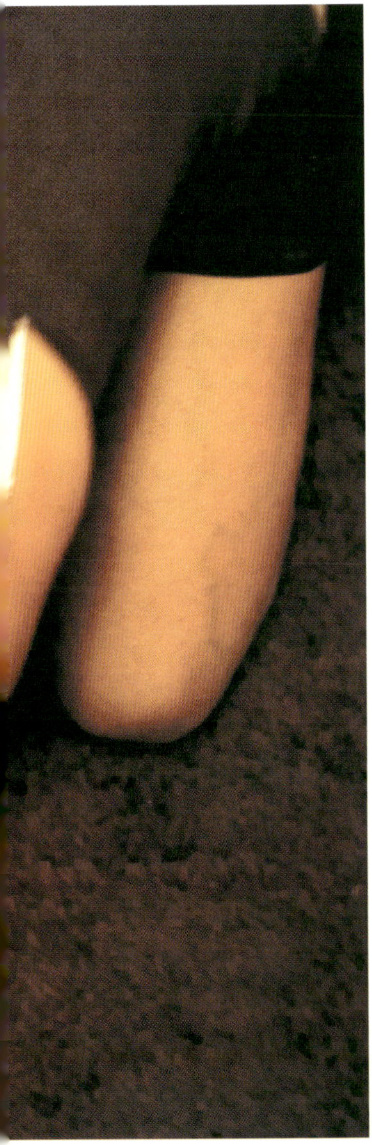

a privação

São cinco dedos numa mão. Cinco na outra. A conta é a mesma para um pé. E para o outro. O mesmo número de unhas. Lixar quadrado, lixar pontudo, cutículas para cortar. Enquanto isso, a minha cabeça só aqui, ó, nos pensamentos. Uma pincelada de esmalte daqui, um outro tom de vermelho dali, e eu só pensando. Não pode dar boa coisa. Às vezes ainda tem uma ou outra freguesa que gosta de conversar, e eu me distraio um pouco, mas, se der uma brecha, eu falo dessa droga de assunto que é o meu casamento. Ou melhor, o fim do meu casamento. Casamento que eu nem queria, acredita? Casar pra quê? Namorado nunca me faltou, apesar de eu não ser nenhuma beldade. Iiiihhhh... Eu fui triste, namoradeira mesmo, tem que ver! Comecei com treze, e gostei que foi uma beleza. Aos dezesseis, já transei. Teve época em que cheguei a ter quatro namorados de uma vez! Aos dezessete, eu conheci o meu marido e gostei dele de graça. Sempre gostei dele. Foram três anos de namoro direto, e depois ficamos num vai e volta, vai e volta. Numa dessas, apareci grávida. Sabe o que ele fez? Foi embora! Chegou para os meus pais e disse que não estava fugindo não, que precisava ir pro interior, que o padrasto estava doente e ele precisava ajudar, e só reapareceu quando eu estava quase explodindo, com sete meses e meio. Por mim, nem olhava mais naquela cara porque eu sou durona. Sou mesmo. Mas aí chegou um dia em que pensei que era melhor dar uma quebrada nessa dureza toda para não sobrar na vida, e aceitei ir com ele numa festa de aniversário. Saí de lá pra maternidade e, porque foi junto, ele conheceu o menino, senão eu acho que nem teria contado em que dia o meu filho nasceu. Eu já me sentia excluída da vida dele, sabe? Não queria obrigar ninguém a casar comigo por causa de uma criança. Eu desejava é ser querida. Aceitei namorar de novo e só fomos casar quando o bebê já tinha dois anos.

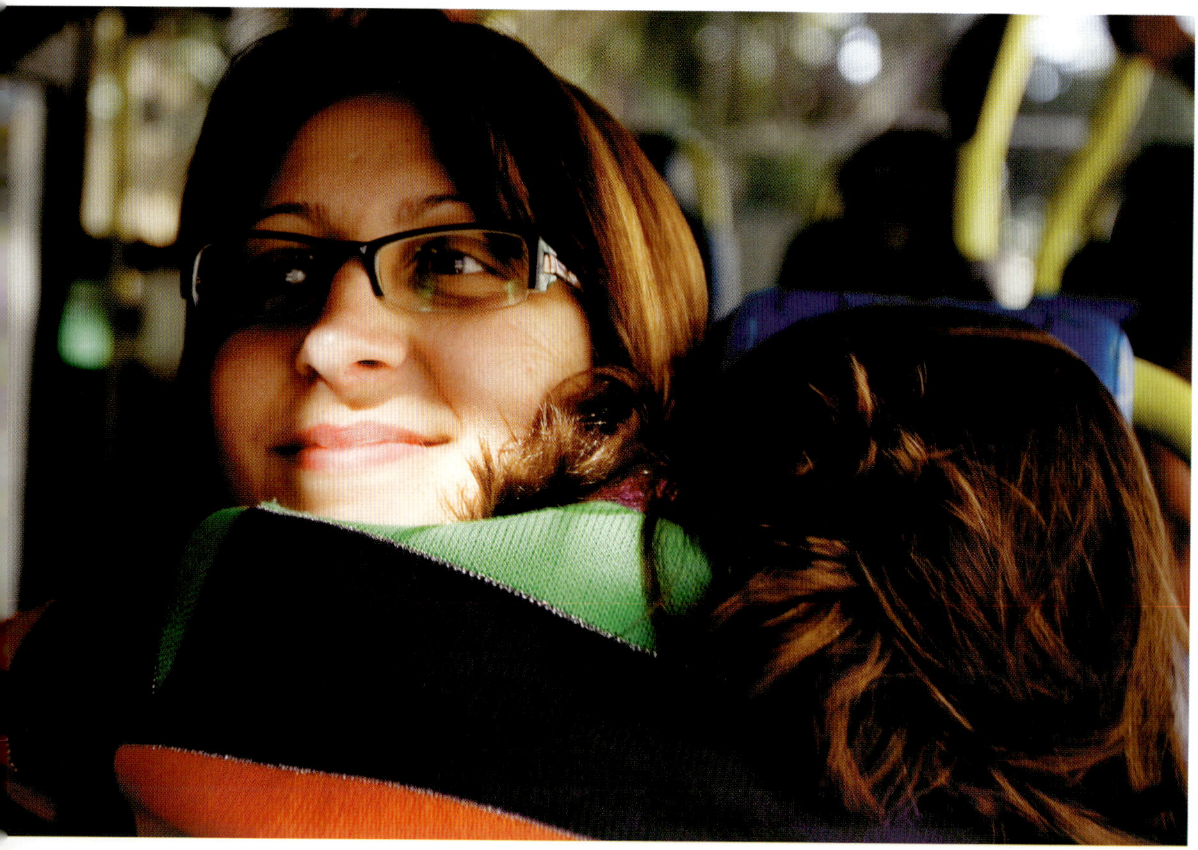

Às vezes eu me comparo com a minha mãe. Sou bem como ela, que sempre foi quem ralou lá em casa. Meu pai bebia. Não de cair, mas bebia. Perdia emprego, sumia de vez em quando, não arranjava trabalho e, quando chegava em casa, os dois brigavam que nem cão e gato. A vida inteira assim, até que recentemente ele saiu, como todos os dias, só que não voltou. Morreu na rua. Pois não é que minha mãe ficou doente por causa disso? Continua doente, e eu tomo conta. Também, pudera, viveram a vida toda juntos! Daquele jeito, mas viveram. Então é isso, é muita adrenalina, muita.

Voltando ao meu marido, não estou comparando com meu pai, isso não. Ele é muito esforçado, tem problemas financeiros seríssimos, passou fome, chegou a vender latinha de cerveja em porta de estádio e faz de tudo pra conseguir alguma coisa. Chegamos a comprar um apartamento pequeno e a ter um carro. Apartamento do CDHU. Sabe qual? Desses da Companhia de Desenvolvimento Habitacional e Urbano do Estado. Não é de classe média, entende? É classe baixa mesmo. Eu sou de classe baixa, mas não cheguei a morar em favela. Agora, sem discriminar, o povo que mora em volta saiu, em grande parte, de favela. E aí falta educação, faltam modos, é feio falar, mas é um horror! Eu queria que meus filhos tivessem a chance de conhecer outras pessoas, queria selecionar um pouco pra eles, queria que aprendessem outras coisas, mas, até agora, foi onde deu pra comprar e ir vivendo. Dois filhos, porque eu tive uma menina sete anos depois do primeiro. Foi planejada. Veio numa fase boa da nossa vida, depois de uma porcaria de tempo em que tentei ir embora e voltei com o rabo entre as pernas. Descobri que tinha tralha e já não dava mais pra morar com ninguém. Nem amiga, nem família. Virei um estorvo com filho. Pensando bem, os nossos principais problemas foram financeiros porque, sendo sincera, ele sempre manteve as aparências, tudo certinho. Ele precisava da imagem da família, dos filhinhos, mulher e tudo o mais. Eu só queria que gostassem de mim. Acho que por isso ficava tão puta da vida quando comprava um presentinho pra ele que nunca esqueci uma data. Um reloginho, uma roupa, um sapato legal, um sacrifício, e a retribuição era de brechó barato, barato, barato. E só retribuía pra não me ver brava, não pra me fazer feliz! Puxa, me magoava. Isso é gostar? Isso é querer bem? Nem precisava o brechó. Um bilhetinho que fosse, um papelzinho, um recadinho num guardanapo era mais bonito. Eu me estressei muito quando minha filha nasceu. Foi uma fase complicada de pós-parto. Ela me irritava, me exigia, a infeliz não parava de chorar, eu cansada, querendo ser agradada e não sendo, vivendo de umas moedinhas que ele punha num copinho num armário da cozinha. Era disso que eu vivia, mais um dinheiro supercontado para ir ao mercado, uma vez por mês. Se eu precisasse de um pouco pra uma água sanitária, um sabão em pó, um xampu, nem pensar! Era pãozinho, e olhe lá! Eu vivia esgotada. Quando você é solteira, você tem menos despesas em geral, entende? Você pode fazer uma faculdade, um curso profissionalizante, por exemplo. Casada, você só pode cuidar dos filhos, do trabalho e ficar em casa, porque não dá pra sair só por diversão. Se bem que hoje em dia meu nome está no SPC porque andei fazendo umas dívidas e não deu pra pagar. Ainda. É um sacrifício que faço porque quero meus filhos fazendo umas coisas boas, tendo umas alegrias de viver além da escolinha. Hoje eu sou uma mãe que ama demais. Quer saber de mim? O meu sonho era ser protética. Fazer próteses. Eu queria ter tido essa profissão. Tinha vontade de ajudar a fazer um sorriso muito lindo, ia sentir muito orgulho disso. Bem, voltando um pouco, chegou o dia em que botei o meu marido pra fora de casa. Eu não sei se ele me traiu, eu não tenho essa certeza. Só que não pude mais confiar nele. Imagine que nesse dia ele me pediu para ir de carro para o trabalho, porque ele precisava levar embora uma colega que estava passando mal. Peguei as crianças no colégio e obedeci. Pois não é que me fez sentar atrás e deixar o banco da frente para a moça, dizendo que assim ninguém se amontoava em cima dela? E foi seguindo, assim, simplesmente, sem perguntar direção nem nada. Eu é que perguntei na lata, sem olhar pra cara dela, se não era necessário tomar explicações sobre o caminho. Ela quieta, ele puto, e já parando na porta certa. Cheguei à conclusão de que ele já tinha feito aquilo muitas vezes. E não era pra desconfiar? Eu, uma ninguém, no banco de trás, humilhada. Depois, já em casa, quando fui cobrar dele, me mandou pensar o que eu quisesse. Deu. Entrei com advogado. Por lei, consegui trinta por cento do salário dele todo mês. Só que faz dois que ele não aparece, nem paga. Ai, borrou? Deixa, não tem importância, eu passo acetona e pinto de novo. Então, estou sozinha. No começo da separação, não deixei ele ver as crianças. Depois de tudo acertado, em dia de visita, me dava uma agitação estranha, quase arrependimento, quando elas voltavam do passeio com o pai e me falavam da nova namorada. Por minha vez, tive um casinho, dei uns beijos, rolou uma transa, mas não deu em nada. Eu acho que não sei o que é amor, honestamente. Isso que sinto pelo meu ex, me parece doença. Você acredita que até hoje eu penso que só vou ficar livre de verdade quando parar de pensar que ele pode voltar? Uma pessoa a quem você se dedicou dos dezessete aos trinta e três anos de idade e não fala mais com você, você não representa nada mais pra ela? Como pode? Sabe que depois que eu me separei comecei a me revoltar até contra Deus? Já falei com Ele...

Olha aqui, eu sempre vim aqui nesta bosta desta igreja, orei, orei e orei, e olha o que a minha vida virou, virou essa porcaria! Igreja onde fui parar por causa dele, que a minha era outra, diga-se de passagem. Olhei pra Deus e perguntei: Como assim? Hahaha, já consigo rir, viu? Por falar nisso, vou contar uma coisa ridícula: eu sempre desejei um momento a sós num aniversário de casamento, por exemplo. Um fim de semana na praia do Boqueirão, na praia Grande que fosse, uma noite num motel, mas só a dois. Eu sentia falta de romance, não queria o marido, queria o namorado que existiu um dia. Cheguei a comprar um daqueles vasinhos solitários, de pôr só uma florzinha, e mostrei dizendo "é só você completar que já me faz feliz". Nada. Olha só se é possível, uma margarida, uma rosinha, um antúrio vermelho, qualquer flor... Ia ficar tão bonito. Desculpe, mas ainda choro quando penso nisso. Ah... sim... a parte engraçada. Uma vez, ele já trabalhava fazia cinco anos numa empresa, e nunca tinha tirado férias. Pois no dia que tirou, operou de hemorróidas e eu passei os dias de descanso abanando a bunda dele! No outro ano, fomos visitar minha sogra no interior (e eu preferia morrer a fazer essa visita), e, no outro, operou de novo da hemorróida porque a maldita voltou! De verdade? Hoje em dia me sinto setenta por cento melhor. Os trinta por cento são por conta desse medo de ver ele de novo e ficar desnorteada. O ideal era que ele sumisse. Morresse mesmo. Não por mim, pelas crianças.

Não é menos traumático dizer não tenho pai do que explicar que o pai sumiu depois de, sei lá, uns cinco anos? Porque ele me irrita. E como! Eu queria que ele sumisse! Sabia que eu arrumei um paquera no ônibus? Outro dia, aquela apertação na entrada, um passinho a mais, mais um, mais um, e ele ficou na minha frente, quase colado. Aí falou: "nossa, o trânsito hoje tá triste", e eu, "verdade, pra fugir só indo pro interior", e ele "Deus me livre, eu vim de lá", aí me disse antes de descer: "pega o ônibus aqui amanhã pra gente conversar", falei, "tá bom". Dia seguinte, passei um batom e fui. Desencontrei do danado, não teve jeito. Depois veio uma semana com feriado, não encontrei o cara a semana inteira. Hoje, olha o mico, peguei o ônibus, não estava cheio, sentei e dormi. Ele estava lá atrás, me viu e veio. Colocou a mão no meu ombro e acordei olhando assustada, amarrotada, babada, tem noção?! Daí ele pegou e falou "na sexta, eu vim e você não...", e eu "eu vim mas acho que a gente se desencontrou", aí ele falou "e que dia a gente vai tomar um suco?". Chegou o ponto do danado descer, mas, antes, eu dei meu telefone. Ele pediu e eu dei. Foi lindo meu dia hoje. Meu marido não soube lidar com as minhas necessidades, aquele idiota. Eu só queria fazer na cama de um motel, só nós dois, fazer uma coisa diferente de vez em quando, uma coisa diferente, entendeu? Eu, a melhor, a mais gostosa, a mais amada, a mais bonita, eu. Pronto, gostou? Quer óleo secante ou spray?

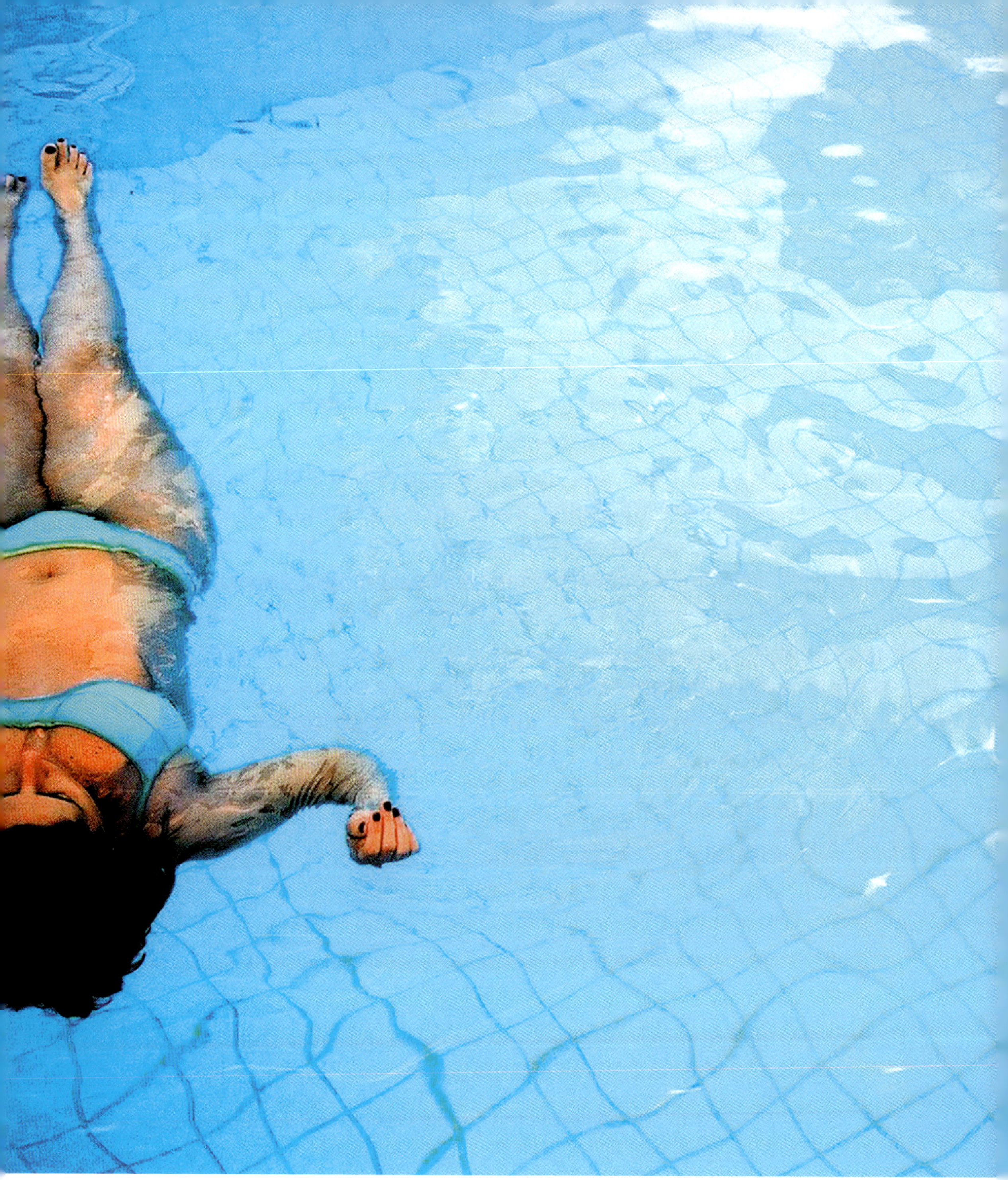

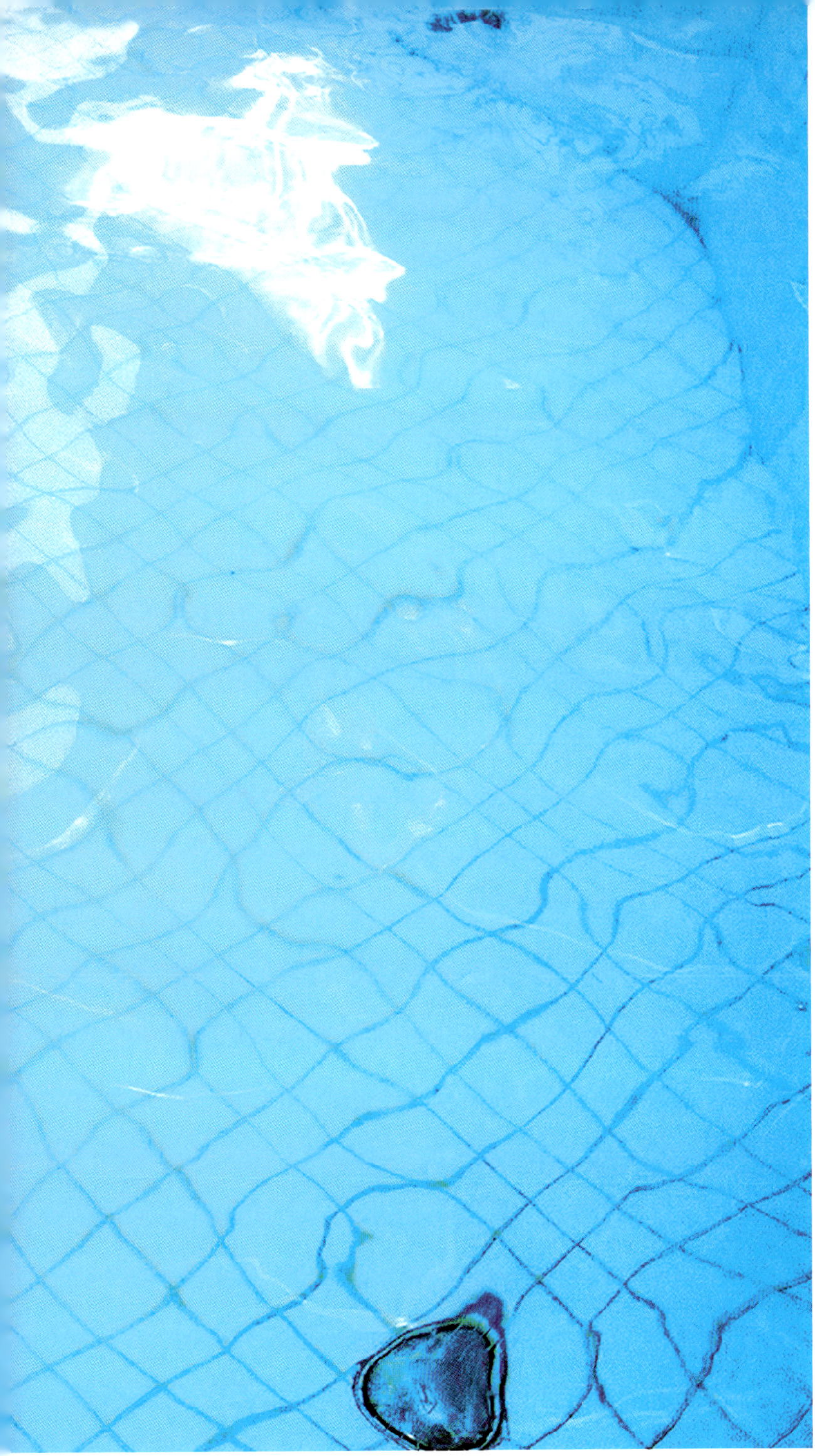

é muito forte aquele desejo, aquela vontade que vem. Aí eu comecei a bater de frente com a... com ela... a dona da casa. Começou a ter discussão e foi quando ela não concordou e resolveu me devolver aos meus pais. Só que eu já tinha me envolvido, já namorava escondido com esse... com essa pessoa, a mesma de hoje, quando estou com trinta e um.

Praticamente perdi a virgindade com ele. Praticamente porque, não vou mentir, houve um outro carinha, mas era só namorico no mesmo bairro, até a família adotiva aceitou, mas era uma inexperiência que só. Chegava na hora, ele também era virgem, nós dois uma ignorância das coisas, dos fatos da vida, não tinha aquela coisa... Quer saber, era um desastre, ninguém sabia o que fazer. Aí esse outro entrou na história porque era amigo, e eu acabei me interessando, ou seja, conheci essa pessoa através do meu primeiro namoradinho. No começo, eu nem tinha muita atração por ele, mas aí aconteceu, ele me ensinou, eu comecei a ter relações e foi assim. Depois, vieram os suores, as tremedeiras, a vontade de ver e de fazer sempre, o riso fácil, o calor úmido lá embaixo, e me mandaram de volta para o interior. Mas eu viciei ele, isso eu fiz! Então ele falou "volta que você vai viver na minha casa comigo e com meus pais, te dou uma ajudinha, você continua estudando coisa e tal", nananan, e eu voltei. Eu devia mais era ter acreditado quando ele falou que não queria compromisso. A gente namorava, mas ele me avisou "olha, continua seus estudos, vive aqui, mas tem de ser assim, eu tenho minha liberdade, minhas amigas, meus amigos...". Eu topei, né? Cu de cobra, sempre por baixo, topei. Só que eu sou ciumenta, eu tenho um temperamento, não dá pra ver agora porque eu tô mesmo atolada de remédio.

Sou auxiliar de limpeza de uma cooperativa de teatro. Trabalho nos escritórios. Limpo, arrumo, ajeito, ajudo em reuniões, esvazio cinzeiros, sirvo cafezinho, mas devia mesmo era estar no palco. Eu sou truqueira que só! E, assim como o mágico, atriz faz truque, não é não? Tenho um filho lindo de nove anos, e ele foi meu primeiro truque. Como aquela flor que sai do meio de um lenço vazio, sabe qual? Pois é. Eu fiz meu filho só pra segurar uma pessoa. E só chamo assim de pessoa essa pessoa, porque estou tentando nunca mais gostar dele, nunca mais dizer seu nome. É muito difícil. Agora mesmo eu estou atolada de remédio, senão não estava aqui falando. Ficava só sentada no banheiro, ali, escondidinha, caída, chorando, sem vontade de fazer nada, na paranóia, só pensando, pensando. Na ultima recaída, quando comecei a dizer o nome dele e a me lembrar da gente, fui parar no psiquiatra e comecei a tomar remédio. Demoro pra pegar, às vezes só funciono no tranco, mas tenha paciência porque eu vou sair dessa! Tô que tô atolada mesmo de pílula e de saudade e remorso. O que não se faz por amor!

Sou de um lugar bem longe da civilização. Meus pais eram, como chama... Trabalhadores rurais. Aí uma família, uns conhecidos que tinham fazenda por lá, disseram que eu não tinha futuro no meio do mato e prometeram me dar coisa melhor em São Paulo. Eu estudava e cuidava das meninas deles, né? Assim, tipo babá. Estudava, era uma família, me tratavam como filha também, e, como filha, fui estudar, portanto, para mim, ela era como uma mãe, como uma segunda mãe. As meninas e eu éramos irmãs de ketchup, sabe como? De sangue não, né? Quem vai se iludir? Irmãs de ketchup mesmo, já está bom. Grudadas.

Só que eu cresci, e parece que eles não esperavam. Vai ver queriam que eu ficasse como um cavalinho, um pônei, ou uma daquelas árvores anãs... bozo, bobo, bonzo ou coisa assim, criança para sempre. Com dezenove anos, entrei naquela fase de querer namorar, de querer curtir. Meus pais tinham dado ordem para eles serem rígidos, mas chega a hora em que você quer, poxa,

o sexo

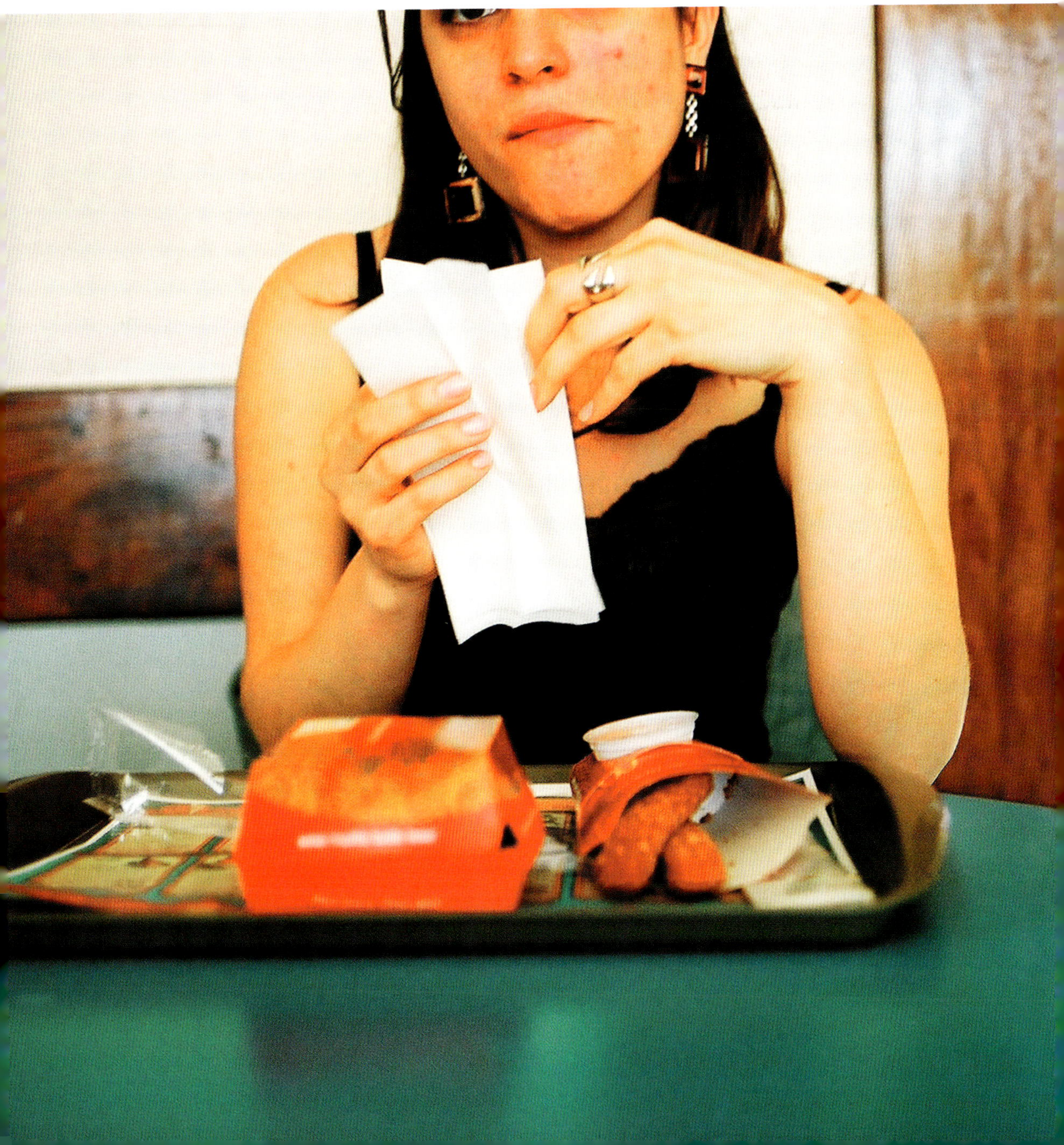

No começo, quando a casa dele enchia de amigos, eu saí e fui tentar reatar a amizade com as meninas com quem trabalhei. Não deixaram, a mãe proibiu, como se eu fosse uma doença contagiosa. Fiquei mal. Voltando atrás, acho que esse homem representou tudo pra mim pela forma de me acolher, de me cuidar. A mãe dele me recebeu, tudo, acho que daí vem essa dificuldade de sair da vida dele. Os outros não me perdoaram nunca por eu não continuar brincando de boneca e não querer ficar naquele mundinho de escola, casa, casa, escola. Era muito ruim, os colegas passeavam, eu na sala de aula totalmente por fora dos assuntos. Não concordei e, depois, eu estava mesmo apaixonada. Eu completei o terceiro colegial, no entanto... O que a gente não faz por um amor, né? Tô parecendo confusa? É o remédio, mas eu preciso, senão eu vou atrás e dou aquele vexame. Ele me acolheu, a gente dormia no mesmo quarto...

Mas levar amiguinha para o nosso quarto e eu ficar do lado de fora porque tinha que respeitar a liberdade dele? Eu não tenho sangue de barata, ah não, isso não tenho mesmo.

Na época boa, a gente dançava muito. Música eletrônica. Ia em barzinho... Olha, esse homem sempre foi bom e fiel. A culpa foi minha. Mas ele provocava. Dizia que, na filosofia dele, namoro e amizade era tudo a mesma coisa. E me chamava de burra. Sempre.

Só que quando a porta do quarto fechava e eu tirava a roupa e a boca dele secava enquanto as minhas ficavam molhadas, eu mostrava o que era inteligência e ouvia que ele me amava. Eu engravidei para segurar esse homem. Hoje eu amo meu filho. E ainda me lembro do frio no inverno, nós três comendo pipoca, brincando juntos, assistindo filme, a pessoa parecia tão feliz!

Ele tem outra já faz oito anos. Foi embora de casa e eu fiquei com a mãe dele. Estou lá até hoje. Começou com muitas brigas, muito ciúme meu, sempre meu. Eu bem gostaria de perguntar se com a mulher com quem ele está vivendo também é amizade sem compromisso. Essa explicação eu ainda queria ter. Depois do filho, eu comecei a regular o sexo. Segundo truque. Meu poder era esse, o calor no meio das pernas, o bico do peito duro, a rigidez da minha bunda, fazer ele gemer com a cara enfiada em meus cabelos pra ninguém ouvir no quarto ao lado. Isso era poder. A minha inteligência aprimorada. Comecei a não dar água no meio do deserto. No começo, funcionou. Mais tarde, passei a abraçar o nada. Ele já tinha outra. Meu terceiro truque foi tomar meia garrafa de desinfetante. Ele ficou desesperado, cuidou de mim, só que, a partir daí, começou a esconder tudo. Perdi o controle, entende? Perdi o controle, e isso me enlouqueceu.

Deu início uma seqüência de disse-me-disse, vizinha que falou que ele contou para amiga que era infeliz comigo, eu mais e mais infeliz, até que ele foi embora viver com a namorada. Às vezes, eu ainda conseguia levar ele pra cama quando vinha visitar a mãe. Depois, nem isso. Já não me deseja.

Um psicólogo que tive juntou nós dois numa sessão e contou que meu filho foi planejado. Ele nem acusou recebimento. Não cobrou nada de mim. Ficou normal. Alguns meses atrás, fui bater em sua porta porque me desesperei quando soube que ele ia na mesma festa de casamento que eu, só que levando a outra. Gritou e me mandou embora.

Esperta, tentei mais um truque. Sentei na calçada por onde ele tem que passar e comecei a chorar. Pois ele passou por mim e não parou.

Acho que meus truques acabaram. De qualquer forma, quando estou bem, presto atenção em nosso filho e não penso nele. Meu menino gosta dessa atenção que nunca teve, e sorri gostoso e me dá um quentinho aqui por dentro que eu nem imaginava ser capaz de sentir por outro alguém. Quando vem saudade, ou raiva, vou a uma loja e uso o cartão de crédito que ele deu para as nossas necessidades. Escolho, escolho e compro uma coisa bem cara pra mim, imaginando que é o que ele deve dar para a outra.

E me sinto apaziguada.

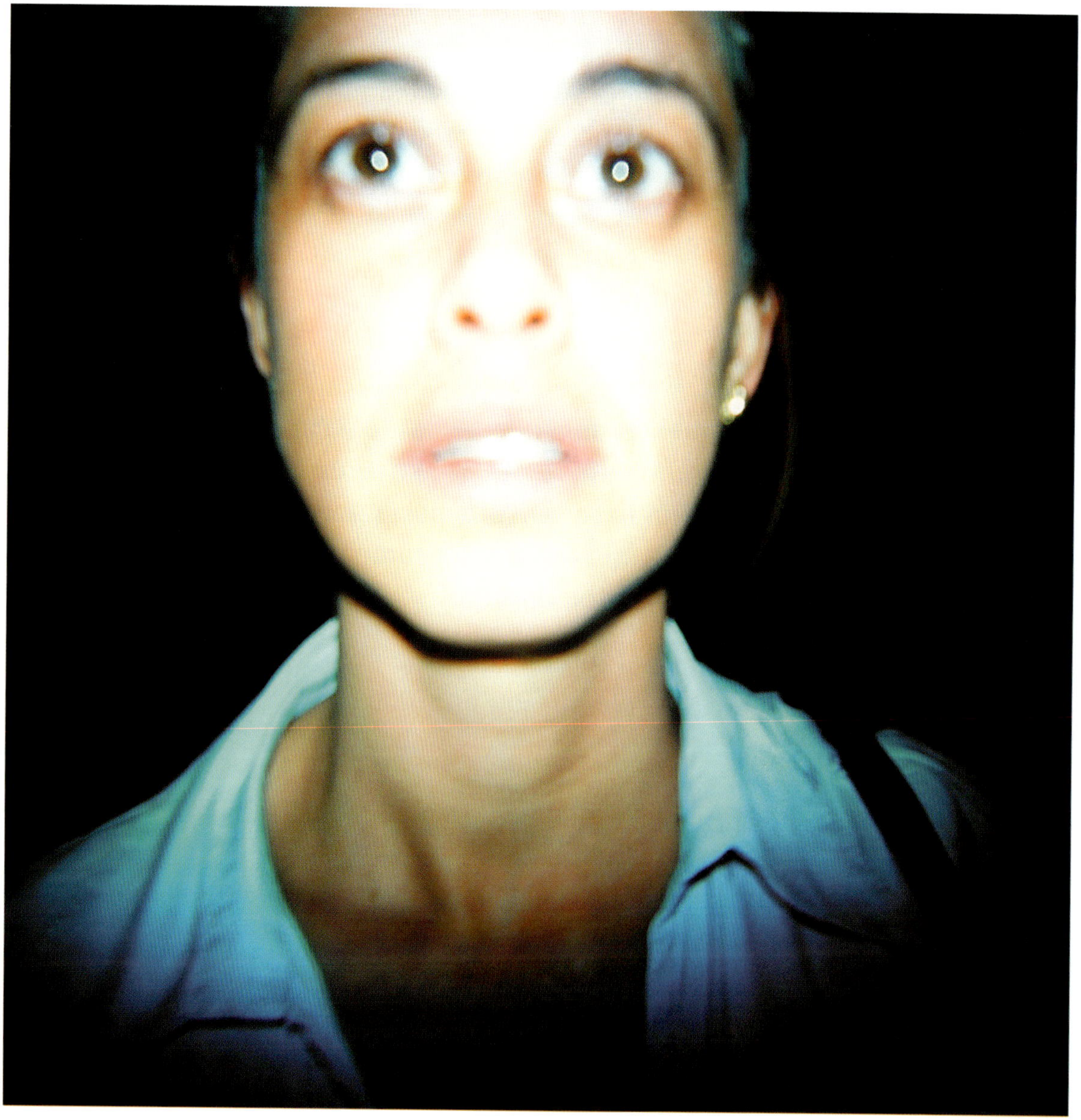

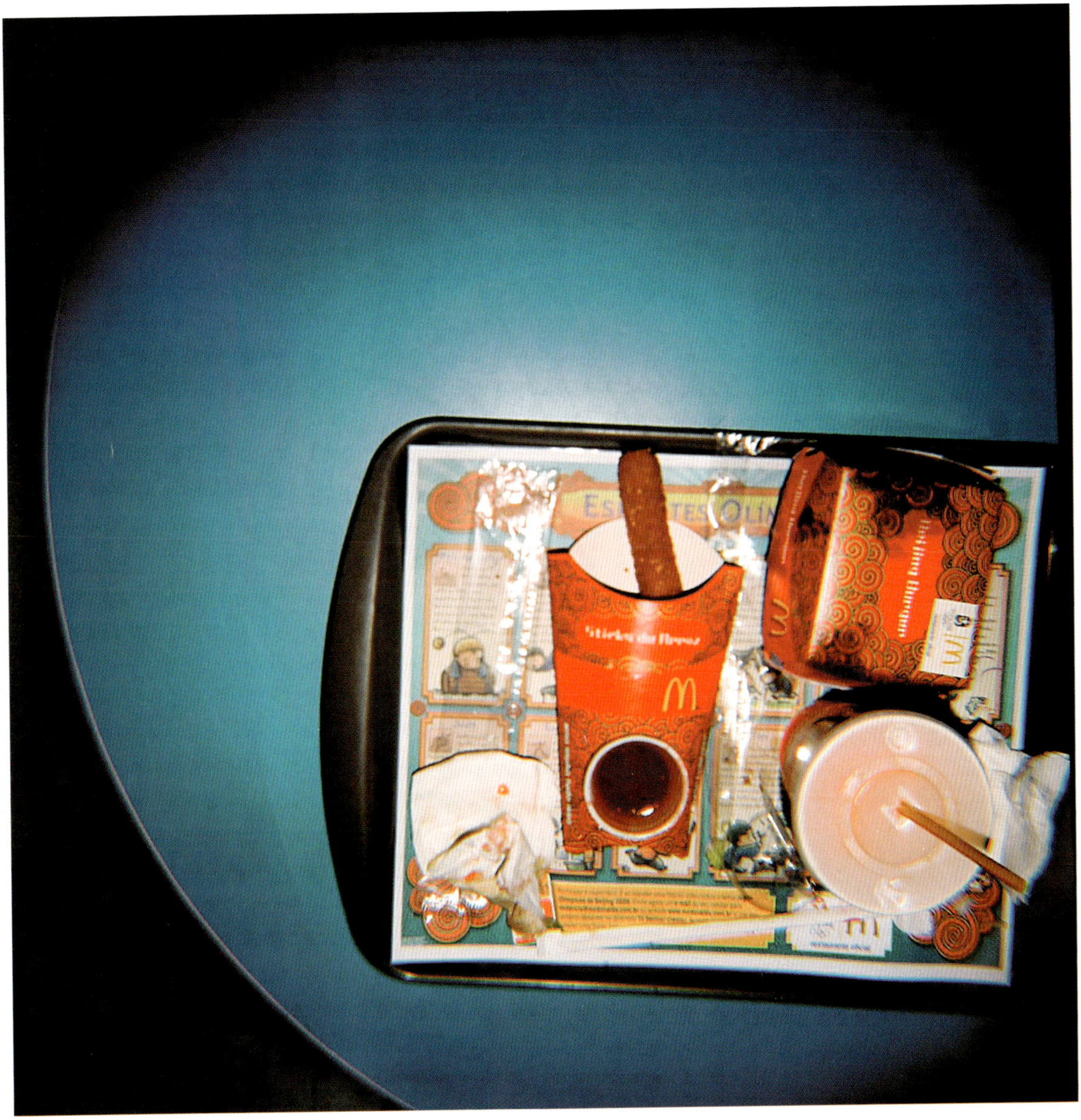

a personagem

Sou toda internética, internáutica, escalafobética, orkútica.

Escrevo e recebo mensagens pelo meu celular digital de última geração com a mesma facilidade com que mudo de roupa. E eu mudo muito de roupa o tempo inteiro porque sou modelo.

Por exemplo, acabo de receber uma mensagem no meu celular, que diz que eu sou a pessoa mais duas caras do mundo e devia ir me colar num playboy num camarote qualquer e pedir champa porque isso é bem uma das minhas caras. Diz também que sou otária, ponto.

Não pretendo responder. Não mesmo. Além do mais, porque sei que daqui a pouquinho ele vai mandar outro recado pedindo desculpas pela agressão, vai dizer que está decepcionado comigo e depois se declarar um ser humano normal que enxergou outra pessoa em mim, não gostou, e ficou muito bravo!

Belo e zangado. Pura perdição. Tenho que ficar alerta nessa hora porque é só mais uma tentativa sua de manipular o jogo, e desta vez ele não vai conseguir, não vai mesmo.

Surpreeeeesssssaaaa!!! A tontinha submissa tem cérebro e resolveu usá-lo.

A modelete pensa e é formada em psicologia. No momento está buscando uma especialização.

Mas deixe que eu me apresente apropriadamente.

Sou do time das que não suportam uma rejeição porque passam a querer mais. Esse palhaço que me escreveu ainda agora já me chamou de piranha, velha, vagabunda, e eu lá, implorando pra ele voltar. Entendeu por que eu escolhi psicologia?

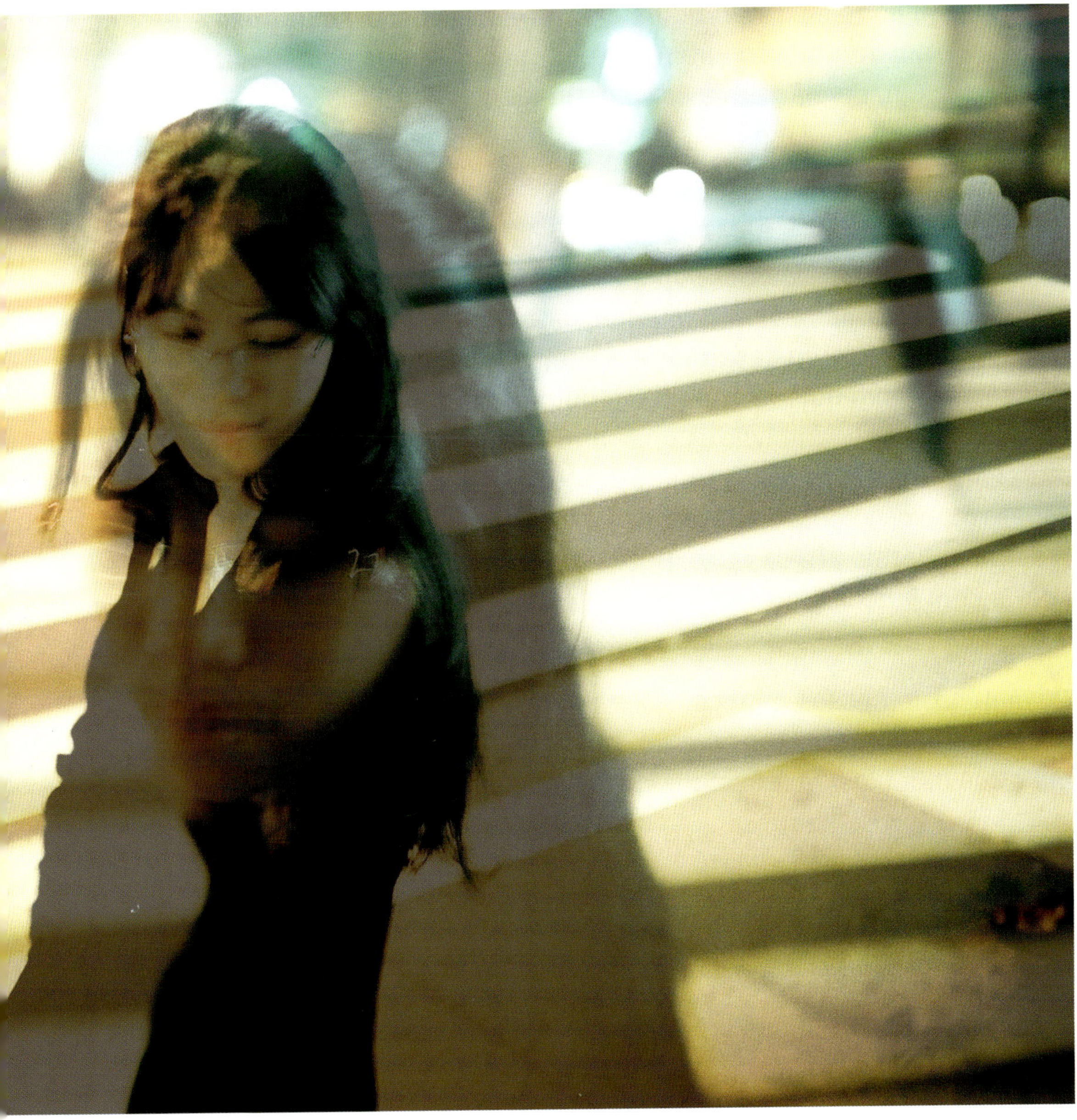

Aos trinta e dois, pode ser mesmo que eu esteja velha para modelar. Estou, na verdade, mas como, diferentemente da vida pessoal, me tornei bastante prática e objetiva na profissão, tenho trabalhado em showroom de confecção. Eu sou a boneca de corpo perfeito que prova roupas. Não tem glamour, mas me sustenta. E ainda dá para estudar.

Já concluí que sou permissiva. Sempre fui, desde criança. Aos três anos, eu era um anjo lindo e loiro e minha melhor amiga batia em mim, me mordia, beliscava, um verdadeiro exemplar em miniatura das coleguinhas do futuro. Eu não fazia nada, não dava um pio. Quando fiquei mais velha, as meninas mudaram o enfoque e passaram a roubar os sapatinhos da minha Barbie, e eu lá, quietinha, pra ninguém desgostar de mim.

Adolescente, primeiro beijo na boca, fiquei louca e apaixonada. Um beijo só e um ano sem ficar com outro porque, certamente, era com o primeiro beijoqueiro da minha vida que eu deveria me casar. E toma tempo e dá trabalho imaginar um casamento perfeito, nossa! Quer ver? Se o menino fosse mais baixo que eu, me criava um problema de difícil e elaborada solução: como ser a noivadeslumbranteealtivaentrandonaigrejacomumvestido maravilhosotodobrancoebordadotendoumvéucobrindoorostousando sapatosbaixos, como?! Romântica-prática, eu. Improvável, mas verdadeiro. Treinei na Barbie até os doze. Botava ela pra dormir abraçada com o Ken, cobria com lençóis impecáveis e só depois de pôr ordem naquele romance é que eu conseguia ir para a minha cama e ordenar meus sonhos. Louca!

Deviam proibir esses bonecos. Que desserviço! Eu deveria sair por aí em passeata solitária, cartaz na mão, berrando: Abaixo a Barbie e o Ken, esses malditos modelos da felicidade que não alcançaremos jamais!

Eu virei a Barbie, de certa forma. Uma caçadora de Kens. Não quero mais.

Vivi dez anos num mundo onde a beleza é obrigatória. Gordura equivale a feiúra, e feiúra é pecado mortal. Eu tinha que ser magra. Promovida ao Olimpo, tenho um pé no distúrbio alimentar, um pouquinho de anorexia, um tantinho de bulimia, problemas que acabei por usar como tema de trabalho de formatura na faculdade. Pelo menos!

Sou a compulsão em pessoa. Como demais se estou ansiosa demais e tomo laxante e me exercito demais quando como demais.

Os homens que escolhi foram todos narcisistas, vaidosos, imaturos, mais jovens, inseguros e lindos, todos eles. Todos me usaram, todos abusaram de mim, se acomodaram e mentiram e traíram. Eu me humilhando, esperando uma ligação, prato pronto na mão, café na cama, me achando coitadinha em minha tolerância elástica.

Minto. Tive um namorado perfeito, um puta cara legal que me entendia, me dava liberdade, era tudo de bom e que eu agüentei por um ano e meio, sem nem um minuto a mais. Bode, bode preto, puta saco, relacionamento sem adrenalina, chato, pegajoso, cabeça boa, bom papo, nenhuma discussão, sempre disponível, vade retro. Me obriguei a ele como se não estivesse em mim a perversidade.

Depois disso, tive um ano de solteira. Foi um ano de balada toda noite, bebida pra caramba, cara cheia e muitos gatos sem compromisso. Sexo na ordem da noite e, no dia seguinte, neguinho ia embora e eu ia trabalhar e esquecia. Não sei se peguei fama de galinha, vaca ou coisa assim, mas uma fama qualquer eu sei que peguei.

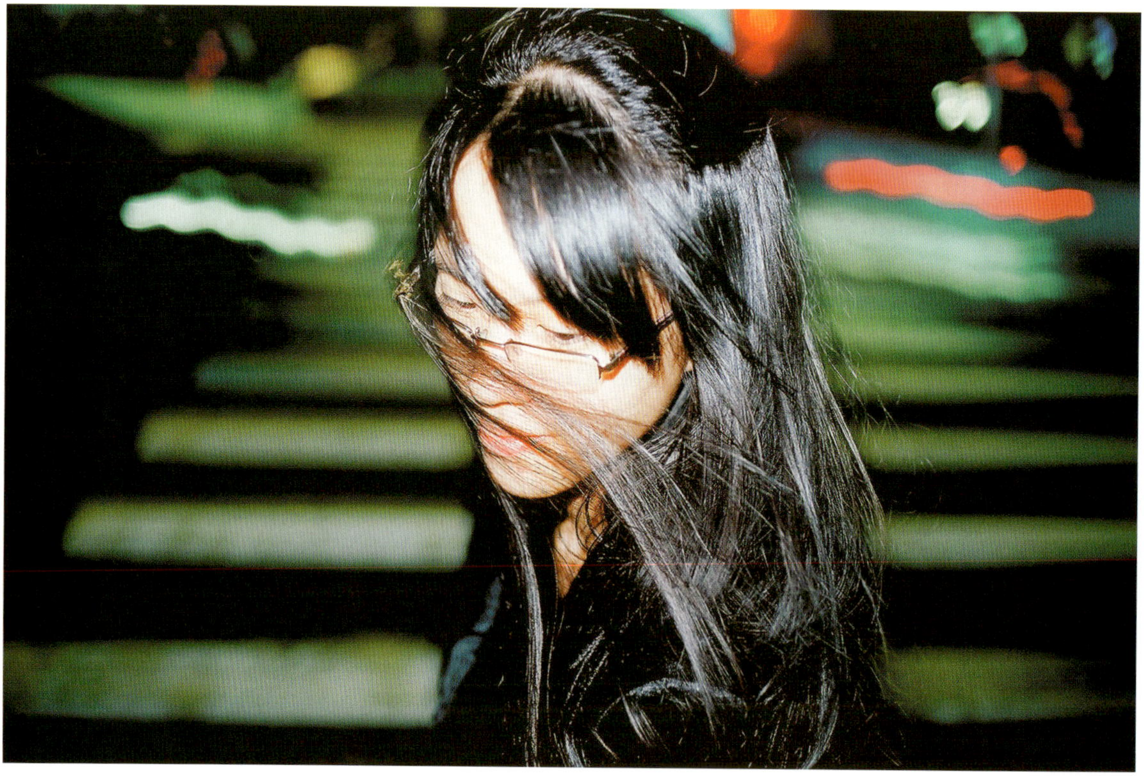

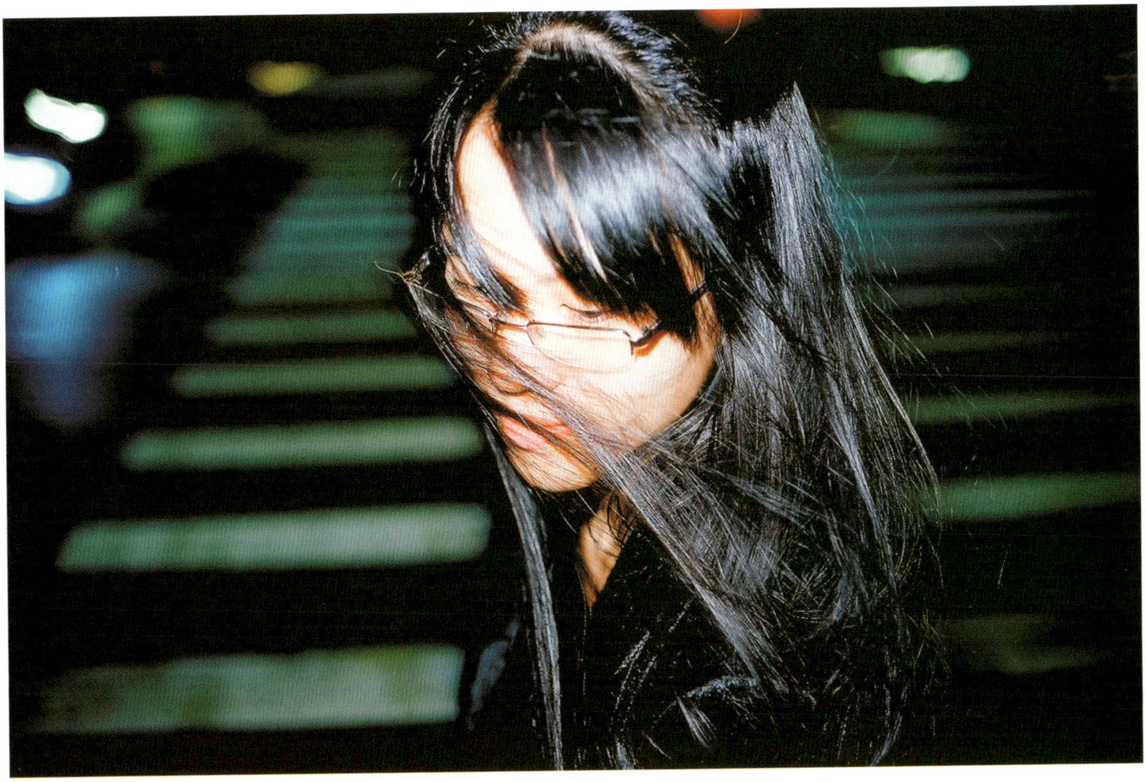

Esse que hoje me chama de piranha e vagabunda foi meu último amor. Seria ainda?

Modelo carioca. Dois anos juntos e um separados. Separados, mas sob controle. Ele me vigia e eu a ele. Acho que foi para isso que inventaram o Orkut, para perpetuar a vigilância, perseguir a neurose, segurar a onda e as pessoas se ofenderem umas às outras, principalmente nós, os carentes e desajustados. No começo, eu tirava foto com uns lindos e botava na minha página pensando nele, querendo que ele soubesse, desejando que me visse pretensamente feliz. Ato reflexo, ele me procurava e me ofendia. E me pegava de volta. Teve dia de eu ficar tão louca que liguei setenta e oito vezes direto! Era tão doente que, às vezes, eu ficava vendo um filme e ligando. Chegava uma hora em que já nem sabia mais o que queria falar. Ligava, ligava e ligava e quando ele respondia "Alô", eu não dizia nada e descansava, vencedora pelo cansaço. Muitas vezes eu passava o dia inteiro sem tentar e aí pensava: Ele vai estranhar, e então, deixa eu ligar!

Muito louco, mas só agora consigo identificar a patologia como se não fosse comigo, como uma entidade desprendida de mim mesma.

Um, dois, três, quatro, cinco, seis, sete, oito quilos perdidos depois, não choro mais.

Às vezes dá preguiça, mas tenho uma árdua jornada a encarar pela frente. Tenho que mudar tudo em mim. Tudo, tudo. Tem hora que... Puta meu, que saco, mas preciso descobrir do que EU gosto. Eu preciso descobrir o que EU quero fazer, minha profissão, eu preciso me inventar. Veja bem, inventar, não reinventar, pois considero que nunca existi até agora. Eu fui os outros, eu fui os homens que tive, os pais que me criaram, as amizades que logrei com meus agrados, com minhas personagens de conveniência, eu fui ninguém.

Massa amorfa e moldável, fui tão-somente o que eles queriam que eu fosse ou, pelo menos, aquilo que eu *achava* que eles queriam que eu fosse.
Me adaptei.

Agora sou um feto, um girino, um ser em formação.

Ando vivendo um dia de cada vez, sem fazer planos. Ando levando uma vida normal e até me relaciono com pessoas normais, dessas que muitos acham feias. Saí do gueto.

Preciso parar de freqüentar as festas dos belos, os modelos exemplares para os outros mortais, porque já notei que fico mudada, me agito e bebo demais. Perigo à vista! Toda precaução é necessária numa hora dessas.

Tenho feito ioga e tatuei aqui no braço este símbolo que invoca paz e plenitude.

Passei o último fim de semana na minha casa de praia, ou melhor, da minha família, e, afora a recaída com os amigos que convidei e depois cismei que abusavam de mim (quando eu é que tentava enredá-los em neuras antigas), estive bem.

Com o meu celular digital de última geração, tirei fotos do mar, da praia, do grupo e de mim mesma praticando ioga. Pretendo colocar tudo no Orkut.

Sim, sim, admito que ainda quero que o modelito veja tais fotos, mas acredito que seja para ele perceber que estou em outra, que estou ótima.

Vou me transformar numa nova mulher!

Olhe bem para mim, porque essa sou eu, repaginada!

a expectativa

Estou procurando emprego e é urgente.

Primeiro, porque estou necessitada de dinheiro e, em segundo lugar, por causa da minha cabeça, já que estou me separando e preciso me reequilibrar. Não está nada fácil.

Peguei uns bicos, e até novelinha de programa de televisão – daquelas que mostram drama de família – já gravei. Aceito o que pintar, qualquer coisa, mas, de profissão mesmo, eu sou técnica em ótica, avio receita de oftalmo, faço óculos, e o mar não anda para peixe.

Eu era dona de uma lojinha especializada quando me apaixonei da última vez. É bem verdade que tenho um comportamento muito parecido, talvez igual, quando me encanto por alguém, por isso a situação não é nova. Sofrer, quero dizer. Aconteceu em outras ocasiões, só que antes eu tinha dinheiro ou contava com os filhos para me apoiar. Agora não, afundei, entrei de cabeça nessa última relação, abandonei o trabalho, me entreguei a devaneios e me dei muito mal. Meu horizonte ficou ainda mais longe.

Sei que não vai me ajudar a achar trabalho, mas não posso esconder que estou em crise, completamente perdida, misturando emoção com razão, tentando descobrir o que veio primeiro: o ovo ou a galinha? De acordo com esse meu último caso, eu é que procuro pêlo em ovo. Ora, quem sabe dos meus defeitos sou eu. Impaciente e ansiosa, tropecei muito na vida. Eu crio expectativas em relação às coisas, às pessoas, e, quando o que eu esperava não vem como deveria, convivo com a frustração.

Minha mãe bem me avisava que tomasse cuidado com o que eu queria demais: podia conseguir. A minha mãe adotiva, porque a verdadeira morreu assassinada quando eu tinha dois anos de idade. Nunca me contaram direito a história, mas parece que ela se encrencou com um homem casado e a mulher dele foi lá e, bang, matou minha mãe. Ela já era separada do meu pai e esse, então, nunca vi. Culpa do meu padrasto que mentiu até os meus quinze anos, dizendo que ele tinha morrido. Só com vinte e quatro, casada e com filhos, fui cismar de conhecer as minhas origens e corri atrás até que achei.

Foi emocionante, lindo e pronto. O homem que encontrei não tinha me criado, não tinha vínculo algum comigo, a minha expectativa terminou frustrada e, depois de uns dias de contato, passei a sentir uma amizade superficial, superficial. Até hoje nos falamos de vez em quando, mas não me sinto responsável por nada, nem ele se sente responsável por mim. Vai ver tinha que ser, tem gente que nasce marcada, já vem com cicatriz.

Segurança mesmo quem me deu foi meu marido, pai dos meus filhos, o cara com quem eu casei aos dezessete ou dezoito e que, além da segurança, me deu proteção. Era doido por mim, e me senti sufocada. Não é contraditório? Para mim, amor é entendimento, é independente de sexo, tem conversa, amizade, sintonia, e eu tive tudo isso no meu casamento, mas era imatura para lidar com tanta responsabilidade. Hoje, ele é casado com outra, tem mais três filhos e não me ajuda em nada, porque fui eu quem quis se separar e, em suas palavras, quem não tem competência não se estabelece. Eu gosto mesmo é dos começos. O tempo estraga o resto e, às vezes, o resto começa muito, muito cedo. Está aí a memória que não nos deixa mentir.

Minha maior expectativa sempre foi a de ter um homem que sustentasse a casa, um ser humano responsável, eu poderia até comparecer com uma parte, mas não por obrigação. Com o atual, fui morar por causa de problemas com minha filha que era viciada em droga pesada e eu não sabia. Ela vivia comigo mais a filhinha, minha netinha, e se drogava sem eu saber. Procurou tratamento, se recuperou e vai muito bem obrigada, mora com o pai, enquanto eu me atrapalhei e acabei ficando com esse namorado que conheci

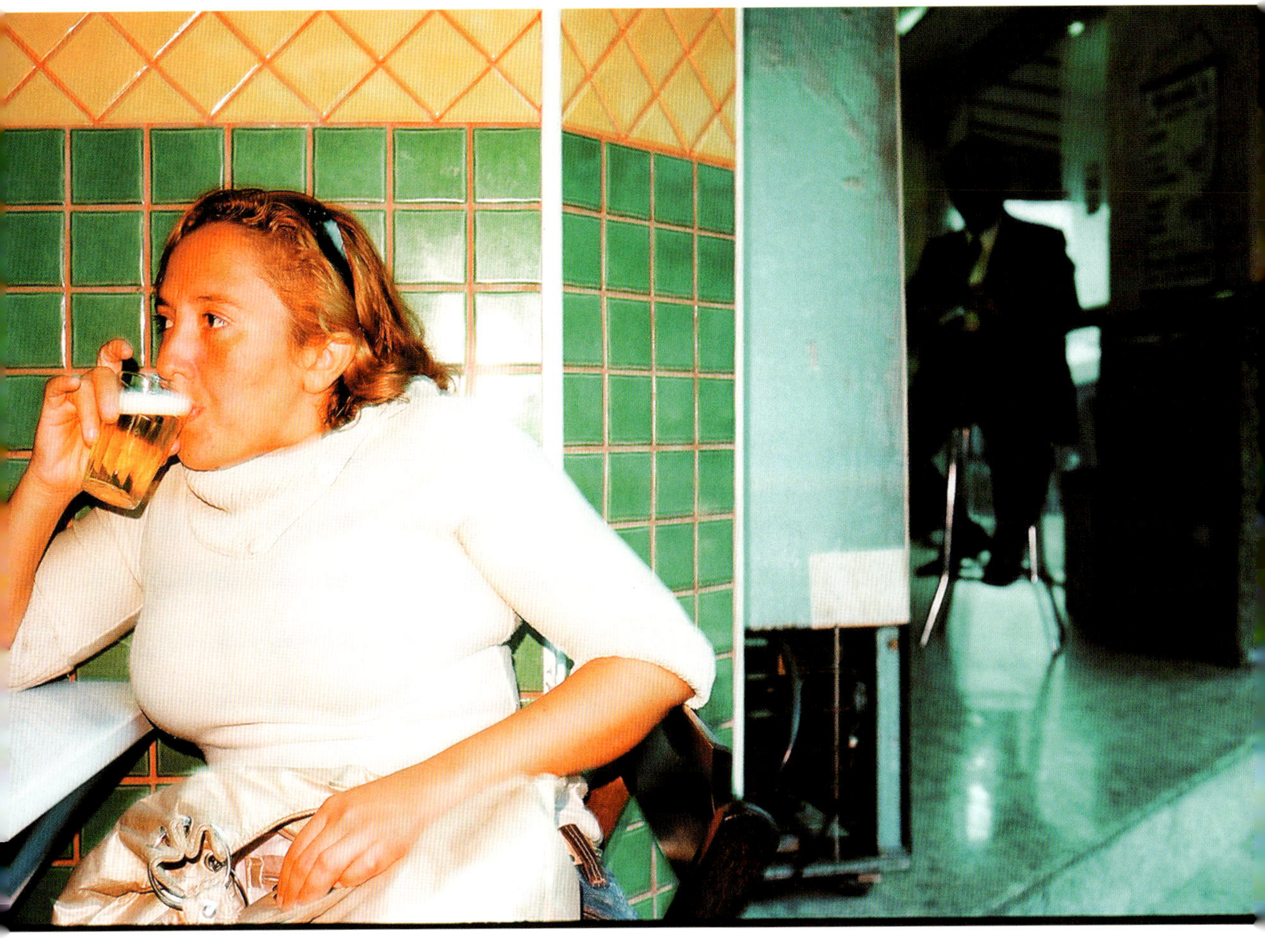

num bar, por intermédio do meu irmão. Eu tenho irmãos, só que fomos todos colocados em casas de pais adotivos diferentes, e acabamos, nós mesmos, diferentes uns dos outros.

Eu bebo pouco. Esse tal homem que conheci no bar bebe muito. Meu pai, o que me gerou, é alcoólatra, mas não me afetou em nada porque não me criou. O de criação não era alcoólatra, era neurótico de guerra, sessenta anos mais velho do que eu, era outra coisa, mas depois eu falo dele.

No começo, com meu namorado, tudo era bom, com ou sem bebida. Depois ficou tudo muito ruim, com ou sem bebida. O fato é que eu fui me tornando insegura, possessiva e controladora. Não sei se fiquei assim porque ele parou de me querer todos os dias – fosse para sexo ou para companhia indispensável de manhã, de tarde e de noite – ou se comecei a me transformar no monstro que às vezes encarno e, justamente por isso, ele parou de me querer. O processo quando dispara vai, vai, até eu baixar o nível, fazer escândalo, receber uma pombajira de frente e depois, mortificada, ouvir que já não sou amada, que tudo acabou e que não há mais nada a conversar. Então, vem uma culpa antiga, uma culpa com lágrimas e olheiras, e não dá mais para retroceder nem esquecer.

Agora estou neste mato sem cachorro, precisando de um emprego para sair de casa e sem ter a quem apelar.

Esse último homem e eu temos até conversado um mínimo decente no almoço, no jantar, às vezes um passa um recado pro outro, e ainda outro dia ele me perguntou se eu estava bem, se havia algum problema, e eu respondi que sim e encerrei a prosa, afirmando que os meus problemas são meus.

Como é que um cara desses não se toca? Problema? Que tal a vontade de meter a mão na sua cara? É problema? Que tal depois de dois meses o meu problema me perguntar se eu tenho algum problema? Que tal me tirar do emprego, me trazer pra cá e não me querer mais? Isso é problema?

Estou humilhada como mulher, como tudo, virei um zero à esquerda e não quero sequer a amizade dele. Meu orgulho é maior do que qualquer outro sentimento, neste instante, e preciso dar o primeiro passo e parar com essa mania de não conseguir ficar sozinha.

Meu consolo é que ninguém é totalmente feliz! Há sempre uma situação dolorida enquanto está se vivendo, mas, depois que já foi vivida, passa e só fica a lembrança, porque a dor mesmo vai embora. Como a dor de perder a minha mãe. Eu era tão novinha... Mas me lembro bem.

Não tenho mais como sentir essa dor, só lembrar. Assim como é nítida a lembrança de minha mãe de criação me levando para dormir entre ela e meu pai, eu com cinco anos, ele encostado em mim, passando a mão no meu xibiu, me excitando, me viciando, eu a princípio sem entender, pedindo para deitar na beirada da cama, e aquela senhora me mandando ficar quietinha e dormir.

Com o gosto chegando, fui aprendendo o que fazer em troca, gostando mais, e gostei por todo um ano.

Certo dia, um sentimento indefinível me fez contar para minha mãe, e ainda me lembro dela apanhando por ter ido reclamar. Foi desse jeito que meu pai parou com aquelas coisas.

Essa dor passou, não posso mais ter, mas ainda me lembro dela.

Não deixo homem nenhum encostar em mim por trás e não dou explicações. Me recuso a dormir de conchinha. Será que isso é motivo para alguém deixar de me amar? Será?

Preciso de um emprego, por favor, me ajude.

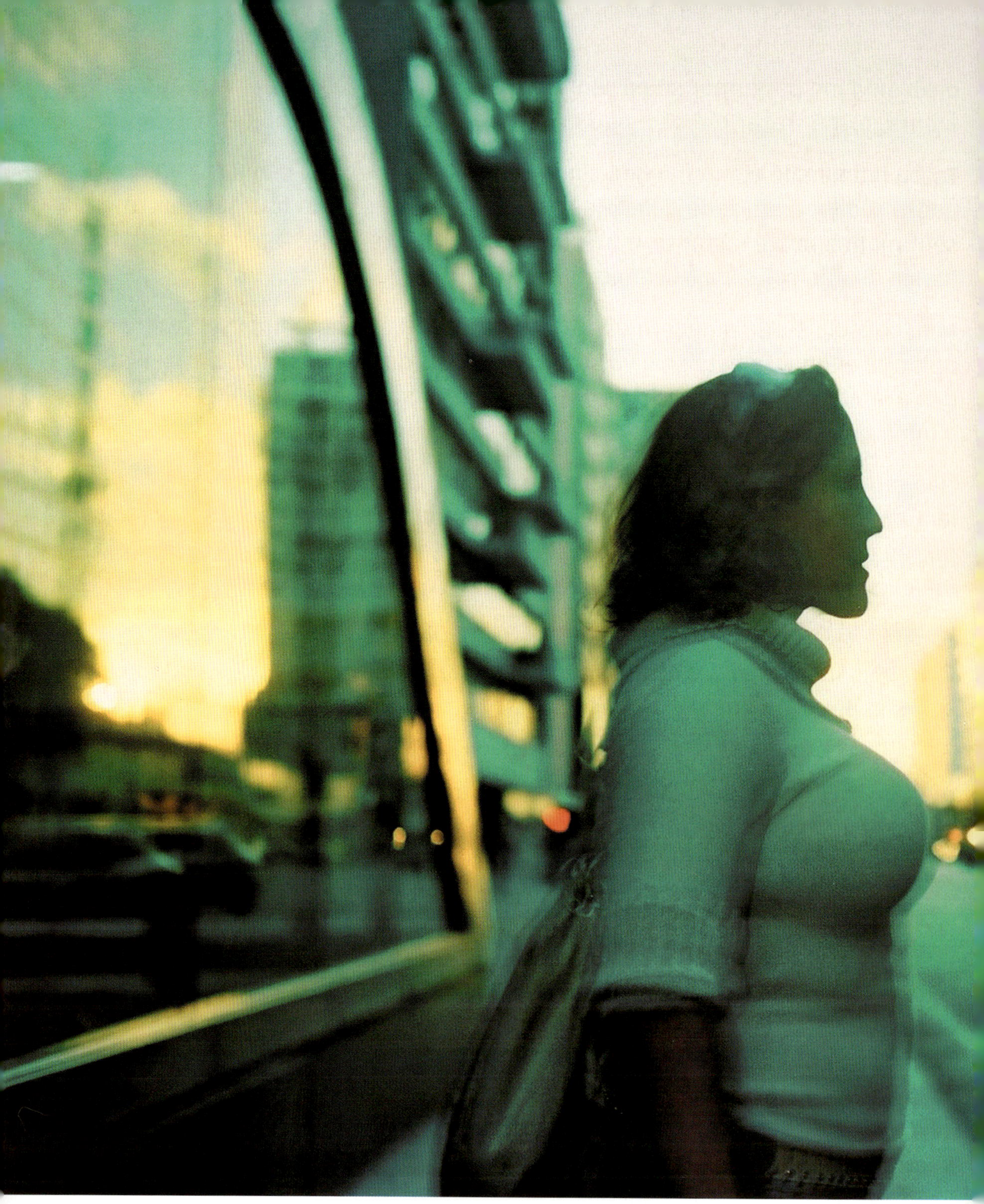

o desespero

Minha mãe e minha avó dizem que fui uma criança alegre que ria e cantava muito. Dizem, também, que, de alguma forma, isso foi se apagando e me transfigurei, olhos grandes e arredondados sempre às vésperas da lágrima, neste ser entristecido. Essa é a minha natureza: melancólica, bastante melancólica. Penso nelas duas quando respondo que meu signo é o do escorpião, e ouço risinhos e comentários sobre minha sexualidade. É verdade, sou sensual, como pretendem os astrólogos, mas carrego comigo a sombra de Plutão, deus do mundo subterrâneo, deus dos infernos. Três anos atrás tive a premonição de que contaria minha história a alguém e ela seria levada a público e se tornaria um depoimento importante para mulheres que se entregam demasiadamente. Plutão age!

Sou mistura de árabe com italiano. Formada em fisioterapia. Não foi difícil arrumar o meu primeiro emprego, meu primeiro salário, meu primeiro dinheiro, meu primeiro tudo. E um namorado. Ele foi, nesta lista, a primeira representação da realidade de minha doença. Sou doente como uma alcoólatra, como quem precisa se tratar e expurgar todos os dias suas mágoas, temores, neuroses e expectativas, para não recair naquela droga que alivia, macia e confortável como veludo, e depois mata! Diante de meus fatos, é necessário admitir que carrego o gene do vício. E faz tempo. Aos dezesseis, me lembro bem, fiz uma tempestade em copo d'água, sofri como cão sem dono, quando acabou o namorico, com um rapaz de dezoito. Fui traída. Meus poucos (todos) namoros me marcaram para sempre. Nenhum pelos melhores motivos. O que eu tenho de importante para contar é que o tal namorado que arrumei, advogado, não advogava. Preferia administrar os imóveis da mãe. Família bem de vida. Futuro promissor! Era bonito. Um lindo noivo para o altar. Dez anos mais velho que eu, esta aqui, que sempre quis casar

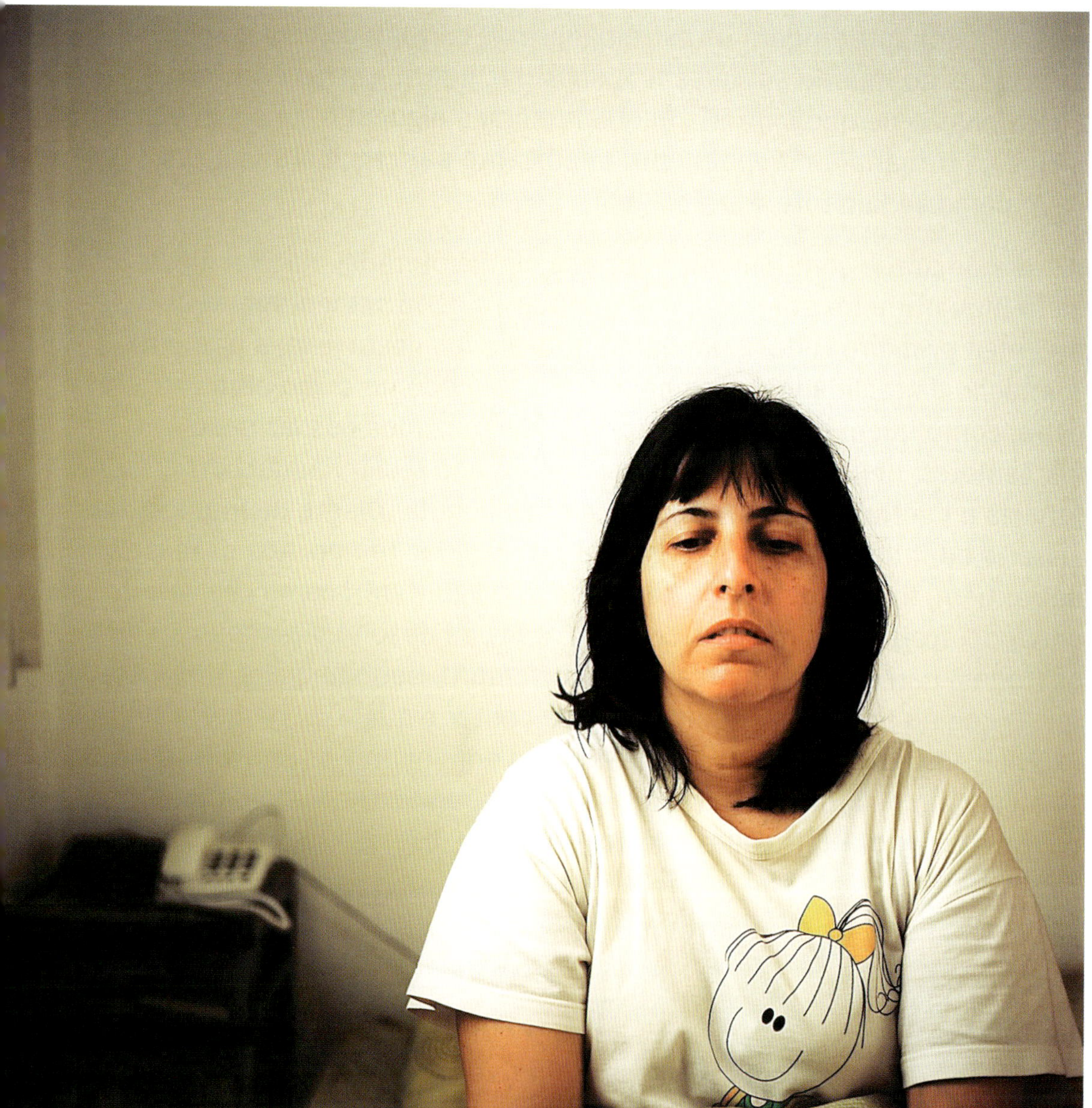
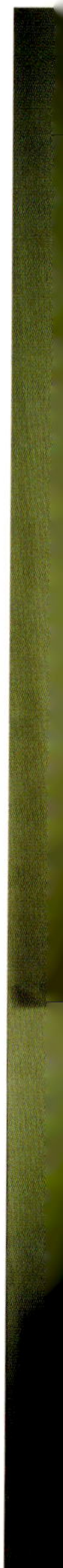

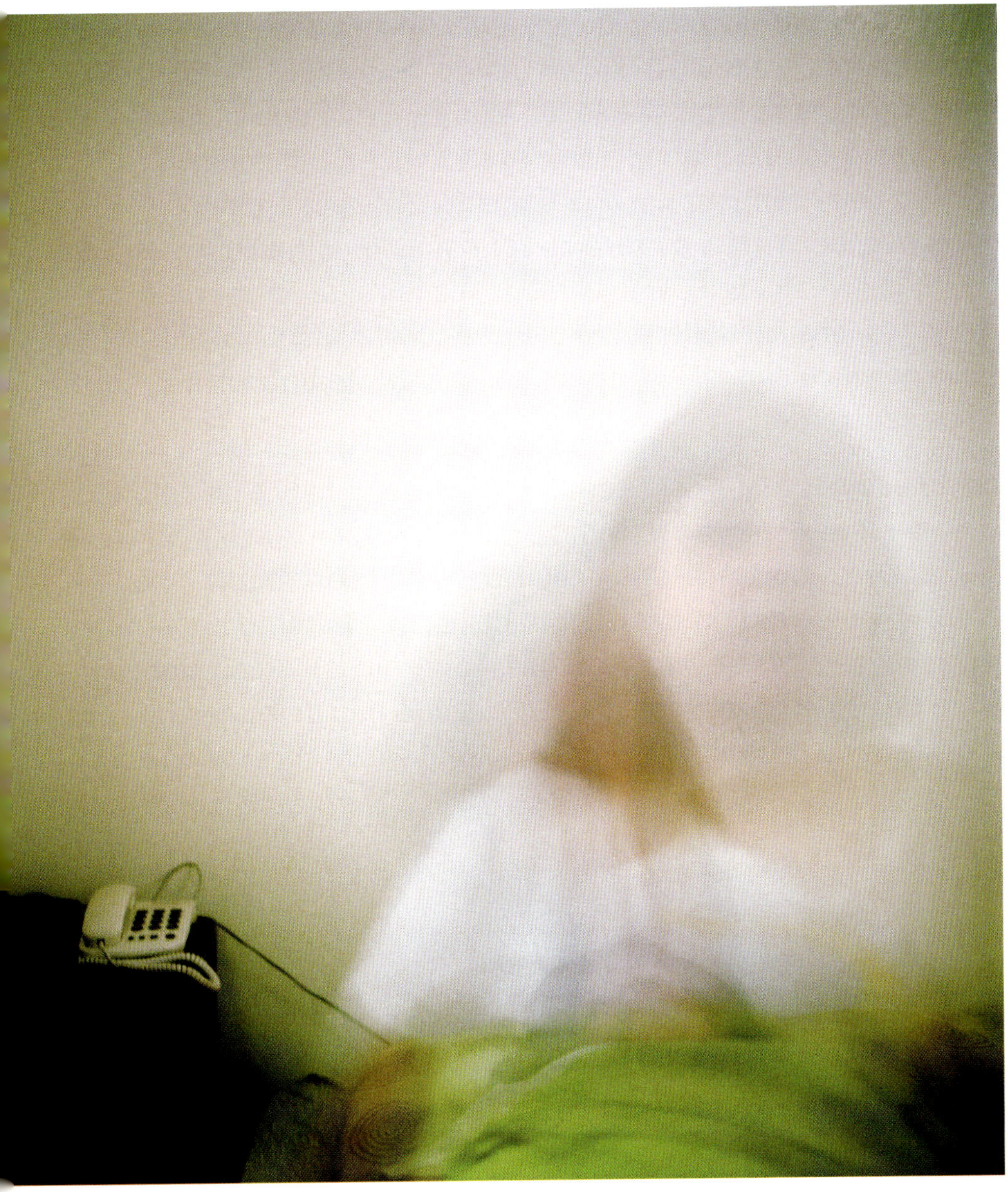

e ser feliz. Como se o casamento fosse um selo, uma garantia de escolha, a certeza de ter sido eleita e nunca mais abandonada por alguém que dissesse "não abro mão de você" – eco da oferenda que reside em minha boca desde sempre. Sou aquela que se doa a cada vez que escolhe o amor.

Insinuante, ele notou que me sobrava dinheiro todo mês. Tudo o que me restava depois de pagas as despesas de um apartamento dividido com uma irmã e duas amigas. Não era pouco. Não era muito. Trabalho como autônoma. Minha vida! Sugeriu ou sussurrou, já não me lembro: deixa que eu ajude, como é que você está administrando a sua grana? Você ganha bem. Daqui a um tempo pode comprar um apartamento. Esse era o tom da conversa. Insinuante, dei a ele a certeza de ser o melhor entendedor de finanças, grande investidor e administrador, melhor que eu em tudo. Passei para ele a responsabilidade sobre o que ganhava enquanto, por dentro, pensava no vínculo indelével entre nós dois. Juntos, afinal, até que a morte nos separasse.

O dinheiro continuou nas mãos dele depois que nosso romance de dois anos se desfez como sorvete. Esperta ou crédula, flébil, se preferir, achando que poderia reaver os dois, poupança e homem, ícones do poder, pedia e não recebia. Deixei. Até que o tempo passou. Um dia, num confronto no trânsito, conheci outro advogado. Esse exercia a profissão. Virou namorado. Você precisa reaver o que é seu, aconselhou-me. O namoro não durou tempo suficiente para ele ver o desfecho. Mas foi de grande valia. A partir de suas observações, comecei um tempo de brigas e ameaças: devolve o que é meu senão vou à Justiça, vou fazer isso e aquilo e mais aquilo outro. Falava, falava e protelava, sempre esperando que, de surpresa, o cativante aparecesse e devolvesse o tal dinheiro. Acredito que por essa época eu já não tivesse a esperança do vínculo indelével, da volta com reconhecimento e perdão. Já conhecia o real motivo por que tinha entregado meus rendimentos, o suor do meu rosto, o motor da minha vida: essa era minha maneira doentia de comprometê-lo.

Dor no peito, sufoco, olhar perdido em profunda mágoa, um dia chegamos a um acordo. Olha, seu dinheiro está no meio de uma transação que fiz, uma rede de estacionamentos, um bom negócio. Tem certeza de que é isso que você quer, cuidar de si mesma? perguntou-me. Quer o que você tem comigo? Devolvo. Toma o cheque, fica com tudo. Aceitei. Eis o travo amargo, o fundo da boca, aqui o desfecho sem véu e grinalda, a desilusão tremelicando no peito, o vazio. Mais nada.

Nunca cheguei a depositar aquele papel sem alma. Nem foi possível. Até hoje, impossível. O romance virou um processo arquivado na Justiça. Pouco depois de nosso acerto de contas, ele sofreu um acidente de automóvel e morreu. Morto, morto, morto. Como lidar com o pior e o melhor do despertar? É isso? É só isso? Hoje é dor onde antes havia entrega e raiva? Minha vida? Isso?

Sua mãe, a proprietária rica de sessenta apartamentos alugados, ainda no hospital, depois do desastre, prometeu acertar a dívida. Sabia de tudo.

Havíamos conversado em outra ocasião, ela e eu. Dias mais tarde, por telefone, mandou avisar que pagaria só aquilo que avalizara. Só aquilo. Só. Dancei. O filho, ele, deixara muitas contas. Eu? Apenas uma de três mulheres com quem agira da mesma forma. Três mulheres, três. Eu, um número, um lixo. Como tudo. Sonhos detonados: casa própria, casamento, rendição e confiança, a mulher em mim, a felicidade, tudo detonado. Minha armadilha se fechando sobre mim mesma.

E eu que só queria um grande amor.

O advogado da batida de carros, aquele, o conselheiro, era alcoólatra. Morreu não muito tempo depois. Plutão age? Nunca me senti correspondida. Nunca. Nunca aquele frescor na pele, uma canção com pressa de escapar da garganta, a alegria incontida. Agora mesmo vejo acabar um romance que já durava um ano. Dessa vez, dei o xeque-mate: casa comigo ou não está me amando. E não.

Busco alguém que me ame. Que prove que me ama.

Não fui grosseira com as palavras. Não foi dessa forma apressada que falei. Fui delicada. Não deu certo. Propus comprar um apartamento juntos. Fui criativa. Ele recusou, recusou, recusou: eu tenho o meu e você compra o seu, fica melhor desse jeito. Passados quinze dias, meu arrependimento. Sou abnegada. Eis o abandono, a solidão. Estou em casa. Nunca mais me procurou.

A mim, a mim que reformei sua casa, que tudo ajustei para acomodar seu consultório de dentista ao lado do meu. Ainda não tive coragem de buscar minhas coisas ou tentar reaver meu pequeno investimento. Fundo perdido.

A minha história! Perdida eu! Mulher sem futuro e de poucas qualidades, me disse em claras palavras. Rude. Morar junto era um acordo tácito, estou certa, era, era. Não.

Queria ser diferente, ser capaz de agir diferente. Infelizmente sou desse jeito, tenho esse pensamento, infelizmente. Não faço questão da festa, da igreja, nada disso. Mas, casar, casar, morar junto, ter uma relação estável, é o meu sonho. Eu sonho. Uma fixação.

Quando meu pai e minha mãe se separaram, ela tinha toda razão de exigir esse final. Ele levava uma vida paralela. Montou uma família bem parecida com a nossa. Ela nunca o perdoou. Eu sim, na época. Meu drama já tinha acontecido. Ele, sem paradeiro, veio morar comigo por uns tempos, me fez companhia. Me consolou. Me deu conselhos. Pai e amigo. Então arrumou outra mulher. Traição, traição comigo, era meu pai, meu ídolo, traiu meus sentimentos. Transferência evidente, semelhanças entre os homens na minha vida e a minha identidade no amor. Hoje estou completamente só. Mas me reaproximo paulatinamente desse pai. Liguei e pedi com voz de mando: seja pai! Não quero só um nome no RG. Goste de mim sem que eu tenha dor de barriga ou esteja sofrendo porque um fulano terminou comigo. Acredite em mim nessa hora. Mesmo que duvide. Goste de mim, por favor, por isso mesmo.

Eu quis, um dia, ser médica. Pergunto-me, nesta hora, se encararia o mundo e o amor de forma diferente, caso não tivesse seguido os conselhos de minha mãe. *Não faz medicina, menina. Escolhe uma profissão que te dê tempo de tomar conta da casa, do marido e dos filhos. Essa é a verdadeira missão de uma mulher.* Há onze anos trabalho com pacientes geriátricos numa clínica

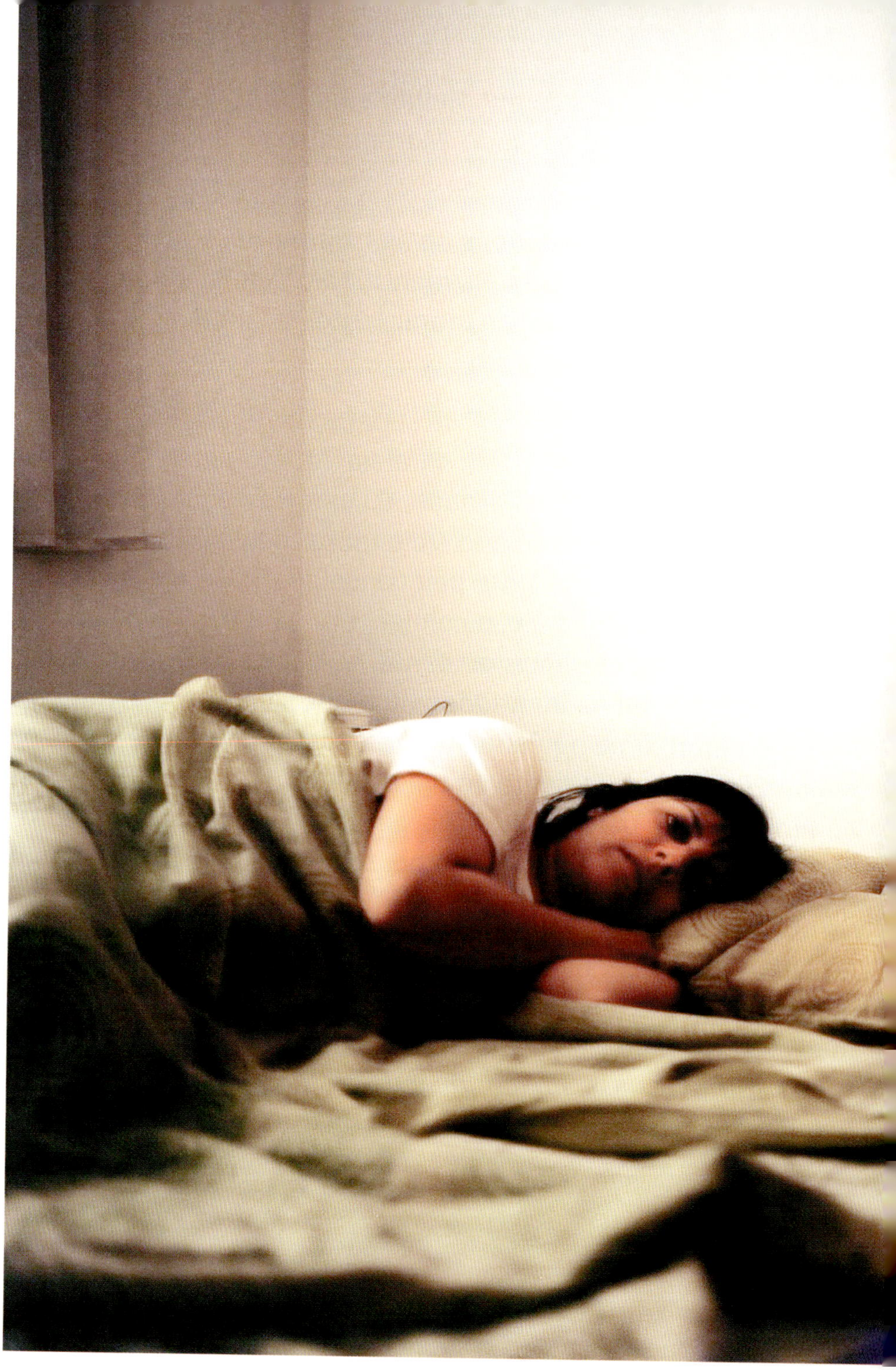

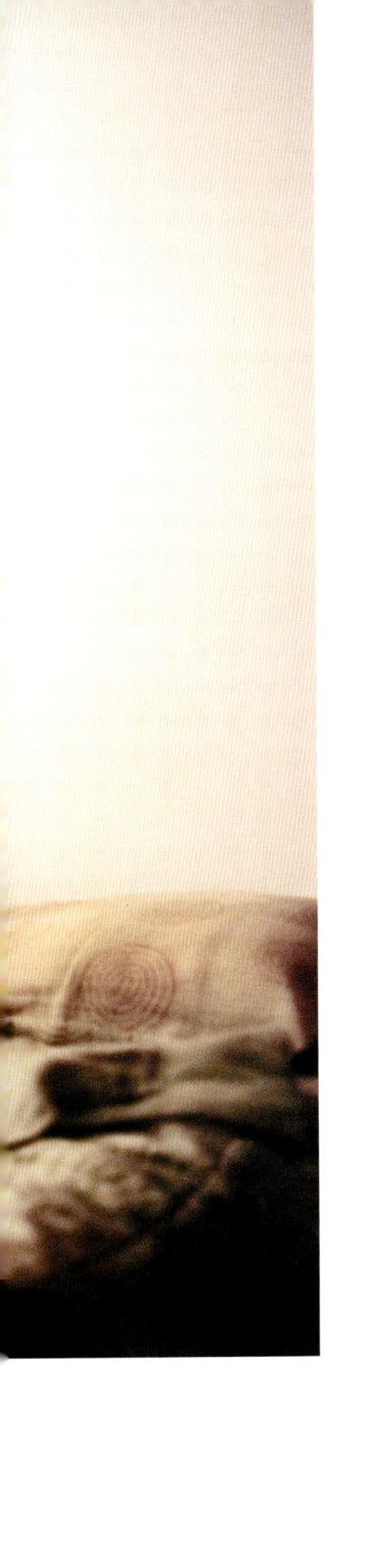

de repouso. Trabalho amoroso, de paciência. Entrega, dedicação, tolerância com doentes crônicos, casos de alta complexidade que saem do hospital e são monitorados por uma empresa com uma equipe multidisciplinar. Eu faço a parte da fisioterapia. E tenho olhos de envolvimento, entrego parte do meu coração e os meus sentimentos inteiros. Nem sempre me devolvem, nem sempre. Só às vezes, e, quando isso acontece, me enche de alegria. É amor!

Queria tanto ter ouvido: eu vou cuidar de você e você vai ficar o resto da vida comigo. Era isso que eu queria ouvir. Sou menos corajosa do que sou. Autodestrutiva, possuo em mim uma força que me inferioriza, me derruba. Coloco-me sempre um pouco abaixo de alguém. Sempre. Minha postura. Procuro me controlar. A forma sofrida de amar está se transformando em dúvidas existenciais. Não sei explicar o que ainda não tem explicação. Tudo o que sonho ou penso e não faço virou uma discussão filosófica, se distanciou do material e entrou lenta e sinuosamente nos desvãos do meu cérebro. Milhares de milhões de neurônios ativos. Se amar não é entregar tudo, o que é? Analiso-me. Neste segundo. Mais. A vida pode ser leve e saudável fora destes meus muros. Preencho alguns buracos. Descubro outros. Ainda não encontrei a razão que justifica esta sensação de que me falta alguma coisa. Desde menina.

Mas alguma coisa falta em mim e não sei o que é.

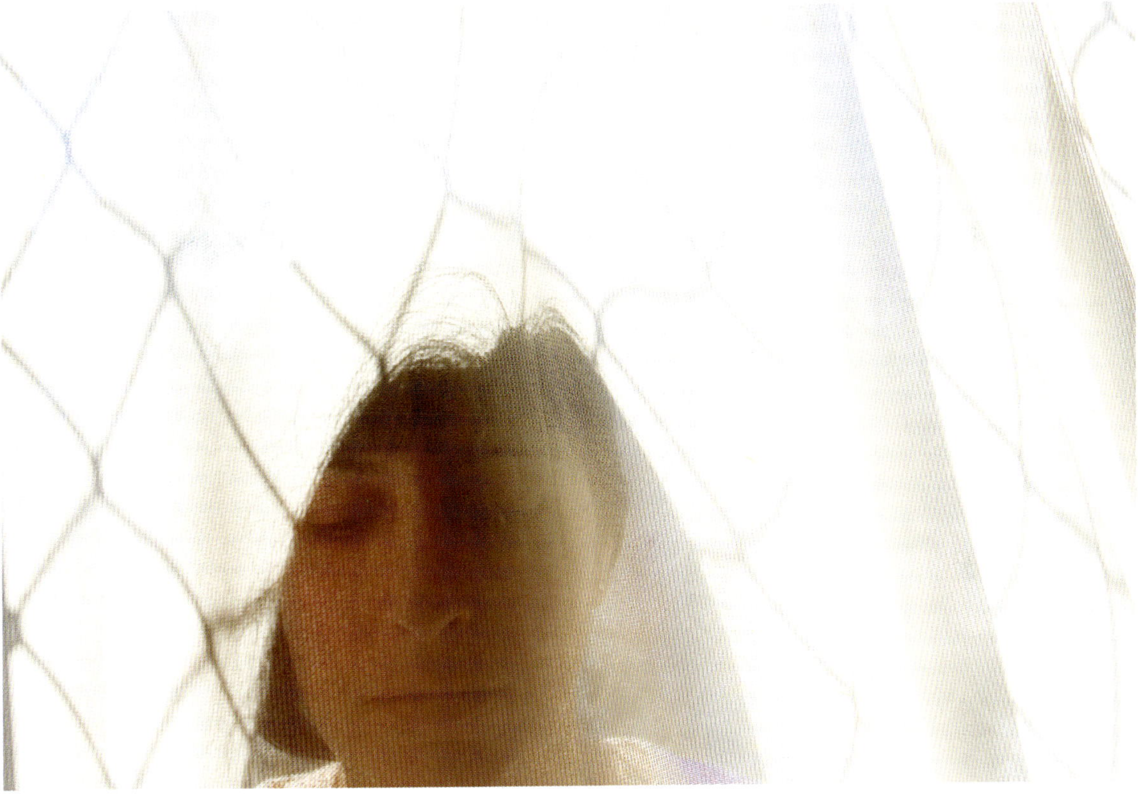

a reconstrução

Eu não acredito em Deus e só fui batizada na igreja católica porque uma vizinha me levou, quando eu já estava bem grandinha. Acho que acredito mais numa energia superior que faz acontecer coisas como o que se passou hoje de manhã, por exemplo.

Eu tinha uma cama de solteiro para vender e não sabia onde encontrar uma loja de móveis usados. Pois saí de casa e, como se empurrada por uma força estranha, no mesmo caminho de todo dia, entrei numa ruazinha em que nunca tinha reparado. Ali estava a loja, me olhando de frente e, lá dentro, encontrei um monitor de micro de que eu estava precisando. E não é que eles aceitaram fazer a troca? Então é assim, quando tenho uma vontade muito grande, algo acontece e me ajuda. A isso, eu chamo de força superior, de poder transformador. E eu necessito acreditar nessa força acima de tudo, porque nem imagino o que seria de mim sem essa ajuda.

Saí do interior de Minas para viver em São Paulo e aprendi que dói viver sozinha. Sou filha de hippies, uma entre cinco outros. Trinta primos do lado do pai, mais trinta do lado da mãe. Uma família bem grande em que todos os mais velhos cuidavam dos mais novos, e os mais novos recebiam todos os cuidados dos do meio.

Meus pais andaram pelo Peru, Bolívia, os filhos nascendo aqui e ali, todos em partos feitos em casa. Antes do problema conjugal, eles tocavam um restaurante macrobiótico e davam conselhos de como se alimentar e levar uma vida saudável. Só que as regras não funcionavam em sua própria casa, e uma irmã mais velha, aos três anos, não andava nem falava, daí eles resolveram parar com a hipocrisia involuntária.

Da minha mãe, herdei uma vontade doida de encontrar um príncipe encantado, um certo complexo de Cinderela. Foi por causa desse sonho que, durante um tempo, ela não achou que esse príncipe fosse meu pai. Teve um caso e contou a ele. Foi o bastante para ele começar, então, a beber. Em seguida, foi a vez de ela beber. Uma coisa puxou a outra e veio a maconha: os dois fumavam muito. Foi nesse período que eu nasci. Assim me foi contado e assim acreditei e ainda acredito. Por conta disso tudo, penso que herdei umas outras características da minha mãe, além dessa vontade de ser a Cinderela de plantão. Fui gerada na insegurança e desenvolvida nas drogas.

Aos nove anos, eu cobrava, escrevia cartinha dizendo "eu não acredito que minha mãe fuma maconha e coisa e tal". No final, virei a única filha que gostou e se envolveu com drogas. Alguma dúvida de que existe influência genética? Eu não tenho.

Aos nove, igualmente, dei meu primeiro beijo na boca. Ele tinha dezessete. Aos treze, transei com um namorado de vinte e três. E comecei a usar cocaína e ter outras experiências pessoais e desagradáveis. Uma menina com vontade de conhecer tudo, com muita coragem e uma enorme vocação para se machucar.

Minha mãe ainda tentava falar comigo "olha, soube que você já comeu esse e esse e a rua inteira". O engraçado é que só hoje, aos vinte e cinco anos, é que ouço falar que posso ter sido vítima de pedofilia. Ninguém na época percebeu. Vai ver é porque eu sempre fui desenvolvida, peito grande, pêlos onde minhas primas ainda não tinham, eu morrendo de vergonha de tirar a roupa na frente delas. O problema foi que eu só tinha vergonha delas. Eu queria sair de casa, isso sim, e qualquer namorado, de preferência um que meus pais não aprovassem, era a chance de partir. E eles não aprovavam os imaturos e dependentes. Os bem parecidos com eles.

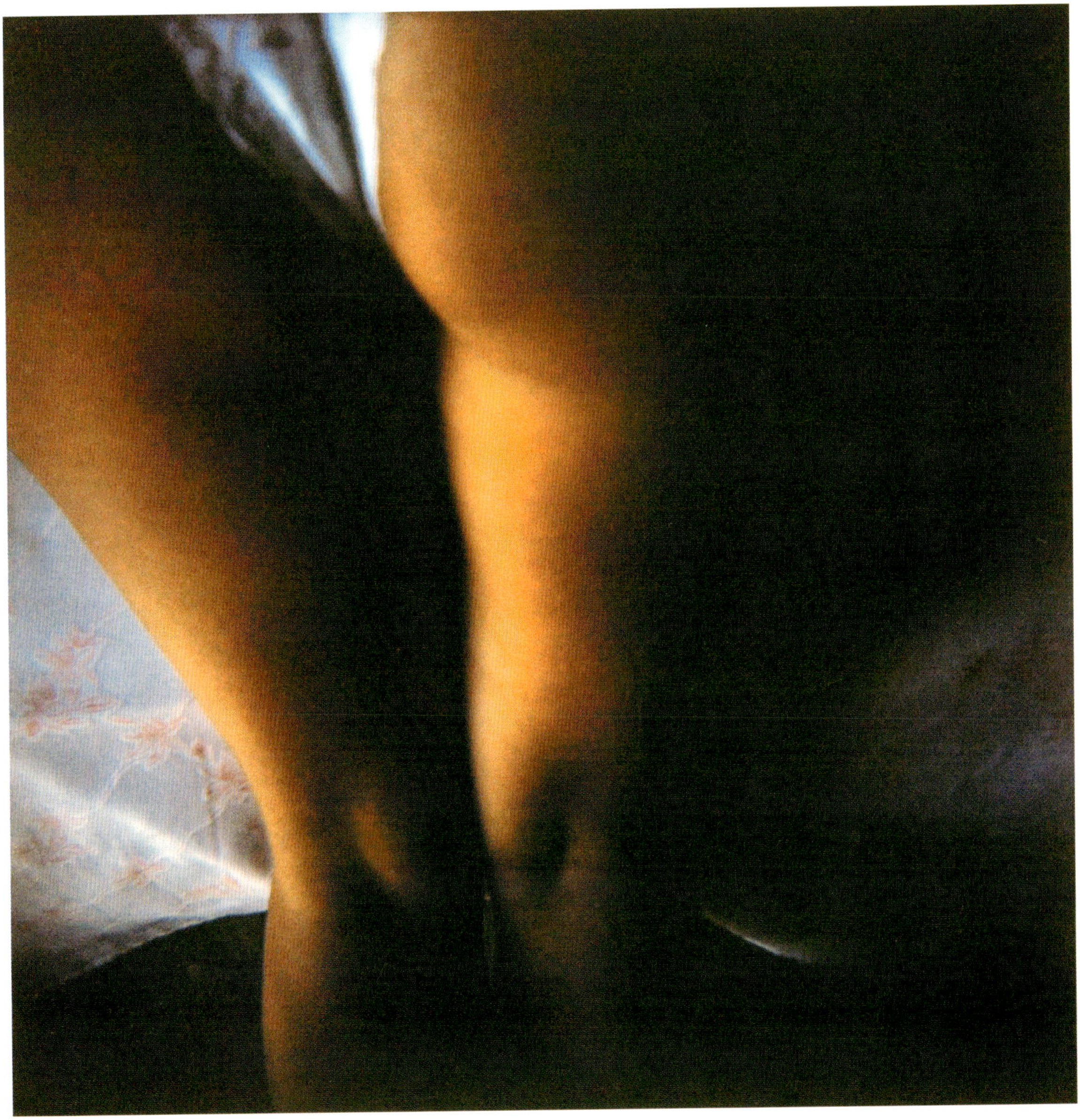

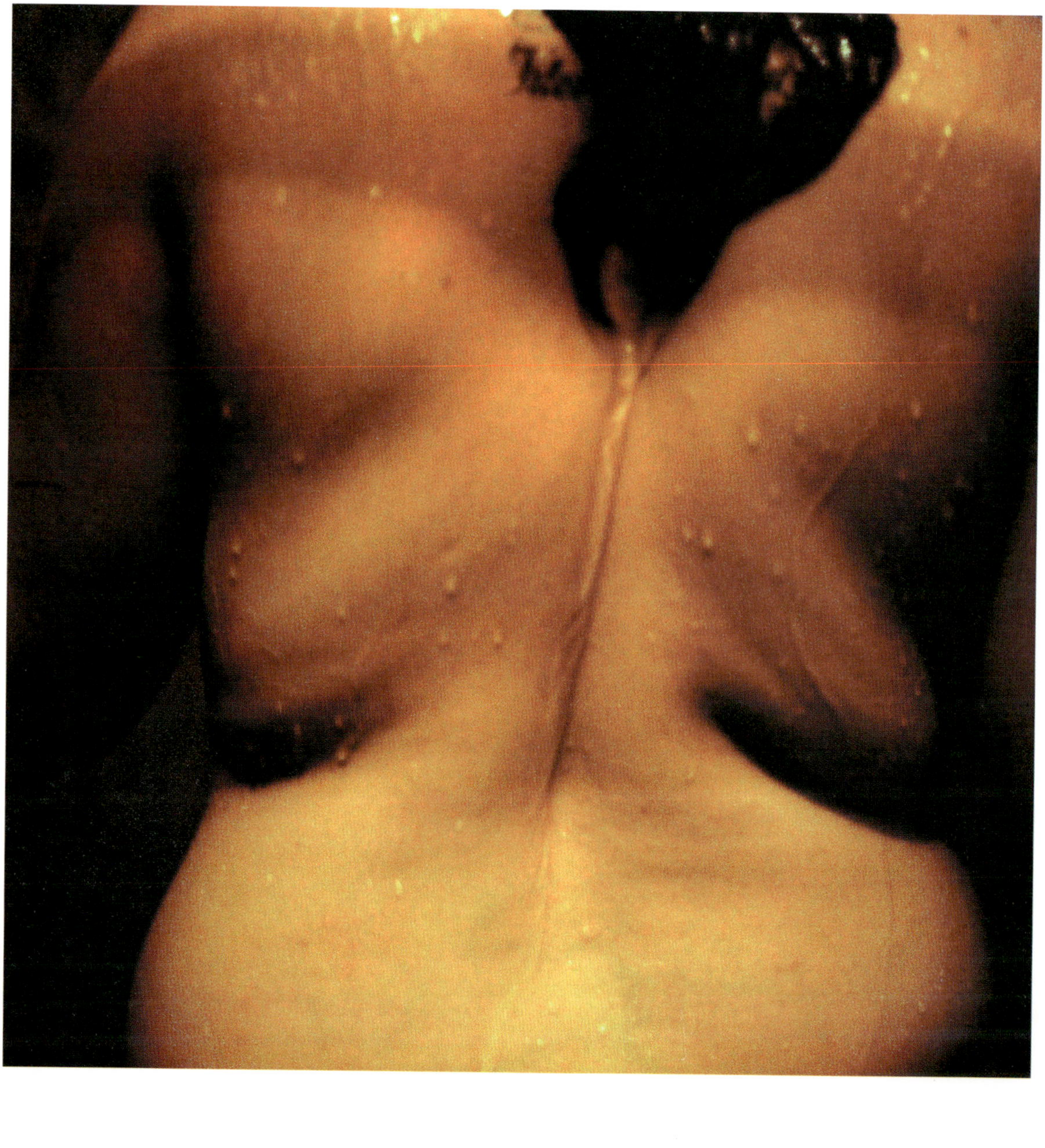

Todos os casos que tive até os vinte anos aconteceram enquanto estava com aquele primeiro, o que me apresentou às drogas e à promiscuidade. Ele me botava com outros carinhas. Acho que se excitava por me ver tão novinha e tão cheia de vícios e despudorada. Chegou o dia em que meu irmão saiu com ele na porrada. Na seqüência, ele compensou saindo na porrada comigo. Concluí, assim, que esse negócio de droga não está com nada.

Demorou, eu sei, mas comecei a estudar e trabalhar. Sou seqüelada, claro. Me apaixono por gente que não tem nada a ver e tenho medo da intimidade. E é muito louco, porque aceito migalha. Olhou pra mim, chegou perto, já acho que devo premiar pela ousadia, e penso que gostou de mim e quer me namorar. Só que depois eu não assumo de jeito nenhum. Como é que eu vou contar para alguém a minha vida, como? Eu tenho muita vergonha e estou procurando reescrever a minha história de uma forma que não passe por humilhação. Gostaria de poder chegar e dizer "esses foram os relacionamentos que tive e me fizeram do jeito que eu sou", é pegar ou largar! Sinto que estou progredindo, melhorei, já falo mais o que penso, mas meu dedinho podre ainda tem poder. Dos dois últimos homens que conheci, um era dos Narcóticos Anônimos e fazia cinco meses que saíra de uma clínica de internação. Eu, mulherzinha, acreditando na ilusão que comigo ia ser diferente. Então, tá!

O outro, um engenheiro, me confidenciou que era viciado em sexo e, em seguida, que estava viciado em mim. Pois, para azar dele, sexo não é o que eu procuro nestes dias. Sexo é fácil demais e eu posso dar, porque engana, distrai, e aí a pessoa não percebe que não leva nada de mim, além da minha perícia. Sexo eu uso como arma ou desespero.

Amor é entrega, respeito, é uma ação, é fazer alguma coisa por alguém. Amor é intimidade, e essa eu ainda não estou preparada para dar e tenho medo do que possa vir a fazer com ela.

Sou bonita e passiva. Domino pela falsidade. Acho mais fácil ser controlada, e então fico ali, mosca-morta, esperando. Quando alguém cai na armadilha exerço, docemente, essa outra forma de controle. Só preciso estar atenta para não demonstrar minha auto-estima baixa.

Digamos que estou em reconstrução. Quanto a ser feliz, acontece quando consigo fazer algo por mim. Ficar em casa num fim de semana, pintar minhas unhas, ir bem numa prova, estar de bem comigo mesma, isso é ser feliz. Só queria não parecer tão eufórica quando um homem me liga. Nem sentir vontade de me drogar quando bebo alguma coisa, porque me dá medo de sair. Também preferia não rejeitar quando me sinto rejeitada, só para ficar no zero a zero.

Não quero mais quebrar o quarto de ninguém, quando a relação não terminar por minha iniciativa, nem sentir raiva do meu pai ou apertar um nó na garganta a cada vez que volto para a terra de onde vim. Agora já sei que meu passado é meu e que também fui responsável por ele, não apenas vítima. Minha verdadeira passagem para o mundo novo, minha reconstrução definitiva, vai se dar quando eu perdoar esse passado, quando eu conseguir deslizar por minhas memórias, caminhar comigo mesma e não me recriminar, nem me envergonhar.

Eu quero um destino de anjo! Ou de ninja!

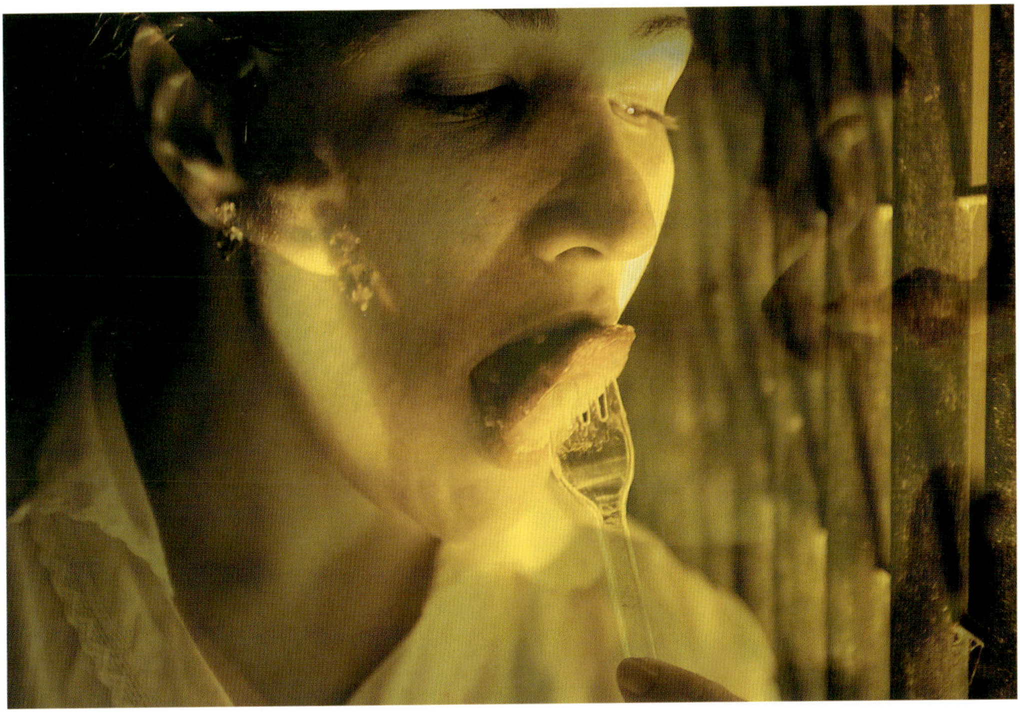

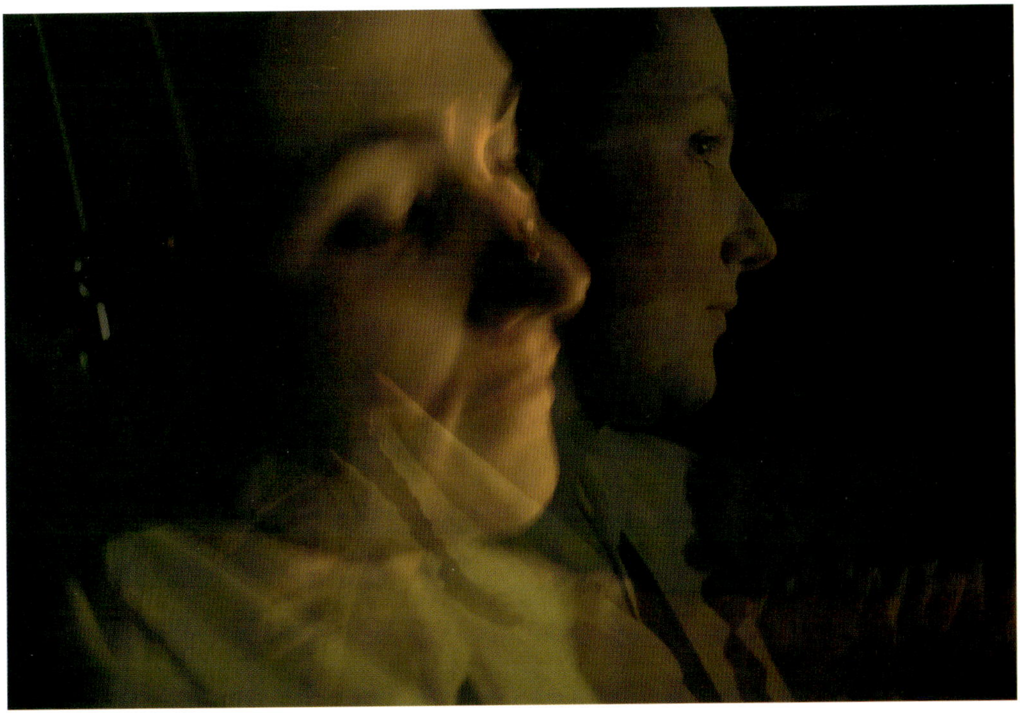

deus

Tenho dois medos na vida: de ficar doente, muito doente de não poder me mover, e de me sentir sozinha. Esses os meus medos. Agora, gostar, eu não gosto de gritaria, gritaria de mãe detesto, e da indiferença. Indiferença é muito ruim também. Depois vem a dificuldade com autoridade. Eu tenho dificuldade em lidar com chefia, mas estou tentando resolver. Meu pai é autoritário, só que é muito bonzinho. Minha mãe é autoritária e nada boazinha. Ela é brava e fala tudo que lhe dá na telha. Que inferno, ela cobra tudo, por que você fez isso e aquilo outro, uma toalha fora do lugar, e já joga coisas do passado na cara, e já inventa mais coisas, aumenta tudo, e eu passo mal. Eu gosto da minha mãe, gosto dela, só não gosto do jeito dela. Tenho mais identificação com um do que com outro, mas gosto dos dois.

O que me deixa indignada... tem coisa, assim, que me deixa indignada, o ser humano tinha que se olhar no espelho e ver quanta beleza pode fazer, e, num momento de crise, tem essa gente que joga o próprio filho pela janela como vi na televisão e, assim, eu fico assim catatônica, indignada. De bom, eu acho que tem o amor, fazer as coisas bem, fazendo o bem, encontrar pessoas, as melhores coisas da vida são de graça, né? Eu gosto de ficar com a minha irmã, eu gosto de ficar com meu cachorro que tem nome de estrela em japonês, de dar risada, de um filme bom, de ouvir música, de comer doce, de comer chocolate, de que mais eu gosto, deixe ver... de pensar em homens. Pensar em tudo deles, né? Todo aquele romantismo, os caras são superbonitos, né? Depois eles ficam fazendo tudo por você, sabe, te tratando bem, fazendo todas aquelas... ah, eu diria que... como se você fosse a coisa mais especial do mundo, aí eles ficam muito afetados, depois a gente fica falando para eles que eles são muito lindos, muito gatos, falando tudo que a gente quer ouvir.

Não estou namorando porque ainda não estou pronta para namorar. Estou com vinte e cinco anos e passando do quarto para o quinto ano de medicina. Herança familiar, mas desejo próprio também. Meu pai, meu exemplo, é um dos maiores médicos que conheço, né? Então tem coisa que eu sublimo, né? Não é hora, fico aqui no fantástico mundo de mim mesma, meu país das maravilhas, devaneando, fantasiando... Acho que uma mulher tem que casar virgem pra não levar um chifre na cabeça. Eu quero casar e ter filhos e tive dois namorados até agora. O primeiro era mestiço. Ficamos juntos uns três anos meio picados. Ele não me dava a atenção que eu queria. Eu era uma namorada meio grudenta e ele não gostava muito. É complicado assim, né, porque só o sentimento, assim, não basta, só o sentir assim, né, porque ele precisava de mais coisas. Eu penso que os valores são mais importantes que os hormônios, né, então a gente cultivava o valor. Eu precisava ter uma vida ainda, né, ele precisava se firmar na vida também, faltava um pouco mais de responsabilidades pra gente concretizar tudo aquilo que a gente queria: casar e fazer filhos.

Com o outro namorado foram só seis meses. Ele era chinês e eu não gostava muito dele. Só namorei porque estava sozinha. E carente. Nunca vi mentalidade tão mesquinha, sabe, morava num apartamento superchique, fazia viagens para o exterior, faculdade particular paga, caríssima, quatro carros na garagem e não era feliz, supercarente, supersozinho, supertímido, eu até gosto de cara tímido, ficava lá só com as primas no mundinho dele, tinha isso tudo e achava que a vida era difícil, sabe, poxa né, meu? Acho falta de calor humano, ele não conseguia se fazer muito feliz, ele estava esperando que outra pessoa fizesse isso pra ele, né? Ele queria uma japinha bonitinha, meiguinha, eu né, ao lado dele, que servisse e ficasse lá naquele mundinho, tava se achando, pra isso a vida dele bastava, bastava nada porque depois ele queria sexo e aí eu falei... Não! Às vezes eu acho que passava um pouco dos limites também, né, eu diria que beijava, beijava, beijava, depois a gente ficava lá, sabe, aquela coisa meio de apaixonado, assim, ouvindo música, depois assim, escutava a respiração, né?

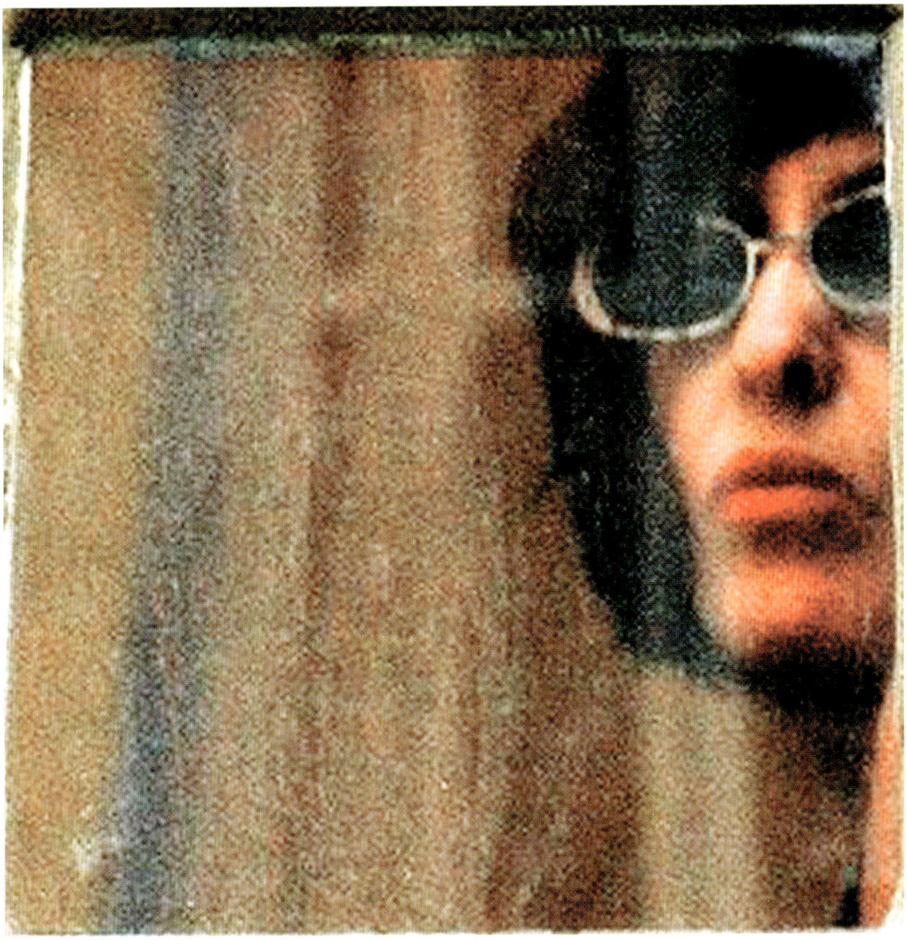

Quando você fica sozinha acaba fazendo alguma coisa porque ninguém agüenta, concorda? É isso mesmo, às vezes isso acontece, às vezes, e aí eu me resolvo, sabe como, né? Às vezes vou pensar em outras coisas, comer chocolate, ver coisa bonita, olhar vitrine, não é ruim, entende? No outro dia você já está feliz, tá todo mundo bonito, passou.

Agora tem um cara que eu acho que posso estar gostando um pouco dele e ele está dando bola, quer dizer, ele veio primeiro, né? Ele faz economia, mas não é muito pelo que ele faz, não, acho que é mais pelo que ele é mesmo. Bonito, bonito, ele é brasileiro. Ele quer chegar. Eu tô com medo. Eu tenho medo de machucar ele. Ele vem ficando nervoso porque está descobrindo coisas em mim que não gosta, os meus defeitos. Também estou descobrindo os dele. Nascer perfeito não existe, né? Mas ele é realista, sonhador, eu diria que ele é assim... uma agulha no palheiro. Eu também, né? E, geralmente, as agulhas no palheiro se encontram. O pai que eu tenho, com a família que eu tenho, a forma como fui criada, sou meio, assim, agulha no palheiro. Única não, mas acho que sou diferente. Conheci ele na igreja, uma amiga me apresentou. Ele e eu somos católicos. Ele me viu e já botou um olho, né?! Fala pra caramba, né, mas fala de coisa boa e me deixa impressionada. Senti atração física, não nego, eu acho as pessoas bonitas atraentes e tenho essa coisa de querer agradar todo mundo, de rir pra todo mundo, perco um pouco o senso, né? E não posso. Tenho essa tendência de me apegar e não posso, tenho que ter foco na vida, nossa, mas aí eu olho e penso que ele é muito gato, nossa, bonito, maravilhoso e daí olho para outros casais e falo: parecido, mas o meu ainda é melhor e daí vou me encontrar com ele e fico toda preocupada, assim, né, tenho medo de homem. Tenho, tenho medo de homem porque eu não me domino às vezes, né?

Sexo não é tudo, não garante tudo, não é a coisa mais importante, sexo não é pecado, é bom, só que é uma coisa que você é... digamos que você não faz o sexo, que você quer uma relação estável, quer um companheiro do lado, que trair não é legal e depois os filhos ficam lá sem saber quem separou, meu pai traiu, não sei o quê, ciclos de abusados e abusadores... as pessoas não gostam muito.

Eu procurei Deus. Viver é difícil, acho que pra todo mundo. Não é fácil. É bom você ter um mote, ter alguma coisa em que você possa confiar. Quem não dá valor a nada não ama nada, né? Acho que ser médica não é incompatível com acreditar em Deus. Na faculdade mesmo, subindo as escadas, tem um crucifixo que é Jesus Cristo, então as pessoas que estão lá, a maioria tem fé. Acho que a razão sem a alma pode levar para lados muito ruins. Tem pessoas inteligentes e que são muito cruéis. Eu acho que Hitler foi muito cruel. Então você pode direcionar sua inteligência para o Bem ou para o Mal. Pai e mãe erram, é humano, quem pode dar tudo é Deus mesmo. São dois mil anos de cristianismo, o ser humano não foi feito para ficar sozinho. Leio muito sobre religião. Gosto de São Tomás de Aquino. Agora, tem livro com linguagem antiga que não gosto, os que falam de São João da Cruz, das pessoas que tiveram uma vida reclusa, no mosteiro. Essa é uma visão muito radical, incompatível com as pessoas que são leigas e que têm uma vida na sociedade. Não gosto de ler jornal. Gosto de internet. Assisto futebol, entro em sites de fofocas, quem saiu com quem, tal, tal, fico lá vendo as roupas, as coisas da moda e tenho uma página no Orkut. Já estou me proibindo de ver porque o orkut é uma coisa muito séria. Ali você fica sabendo quem entrou, quem saiu, fica entrando no Orkut dos outros, se alguém dá bola pra você, daí eu vou lá e descubro um monte de coisas da pessoa e vou saber quem está colocando recadinhos pra pessoa e dá ciúmes porque quando eu namorava eu ficava lá olhando o Orkut dele, meu, tipo maior caos, o cara meio popularzinho, todo mundo dando bola pra ele, todas as meninas caindo em cima dele, éééééé..., sabe tipo ficar gastando tempo com o que não é bom, eu sei que ele não estava nem aí pra elas mas, sabe como é, é homem,

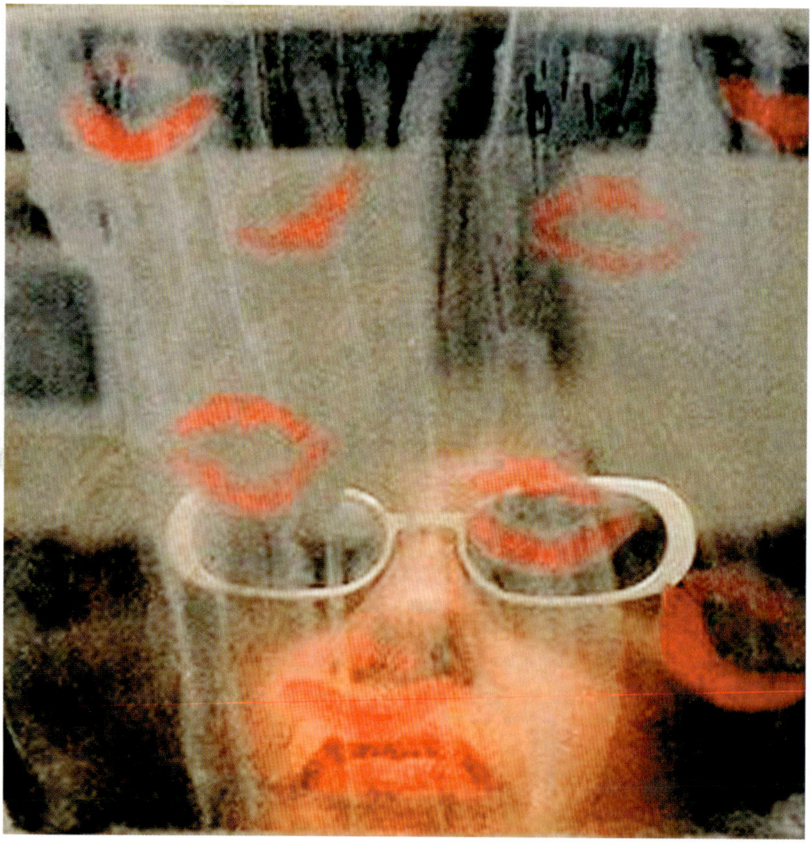

vai acabar olhando para aqueles corpinhos, então não é bom ficar sabendo de certas coisas, assim, né?

Agora parei com isso. Eu sei que o outro é o outro e eu não consigo controlar. Só se engana quem quer. Eu tenho domínio de mim. O outro tem sua liberdade, direito de ir e vir. Eu tenho de ter um pé na realidade. Chilique básico, ansiedade, nenhuma roupa que você põe fica boa, que cor, que sapato, põe a irmã no meio, já liga pra mim, namorar um cara que fica o dia inteiro com você, é de surtar, meu, a gente vai se pegar, se apegar, vou ficar vendo se ele olha pro lado, minha amiga ali, ele é homem, entendeu?! Não tem condições. Sabe como é homem aqui no Brasil, né? Eu não sei se vou fazer urologia. Cirurgia a toda hora não quero. E depois, ficar ouvindo piada o tempo todo, não dá!

Duas coisas mexem comigo: os homens e minha mãe. Minha mãe porque me tira do sério. Os homens, porque homem é bom demais. Eu perco a calma, eu faço bico, fico pensando, pensando, depois falo alguma coisa. Eles gostam porque eles adoram ver uma mulher afetada. Se você ficar boazinha eles não entendem. Eu consigo ser malvada. Tem uns caras que só funcionam no chicote, só escutam jogando escada abaixo. Eu dou uns trancos senão eles ficam se achando muito, ego lá em cima, achando que podem tudo, parecendo umas pombas andando, tipo aquele peito inflável, se achando o máximo, sem limites, uns tontos. Meu maior defeito é essa carência que me move e me traz o apego. E eu fico caindo assim, pelos lados, deixo as coisas irem acontecendo e depois encaro a bagunça, fico confusa e, quando dá aquela confusão eu penso assim, poxa, como é que chegou a isso, como consegui deixar nesse ponto, assim, as coisas, a situação, a gente, sabe??!!

Nossa, mas que absurdo!

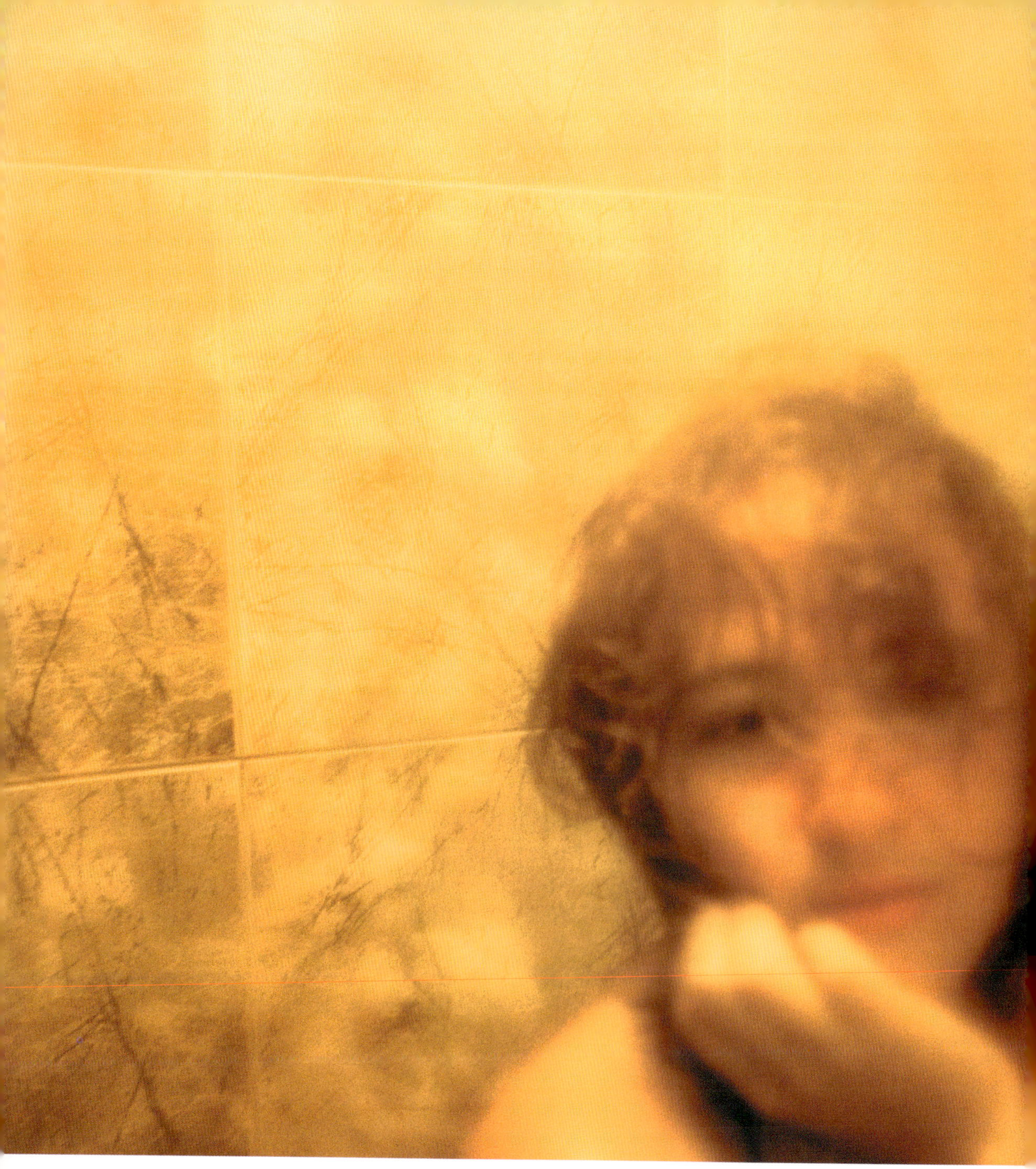

a imaturidade

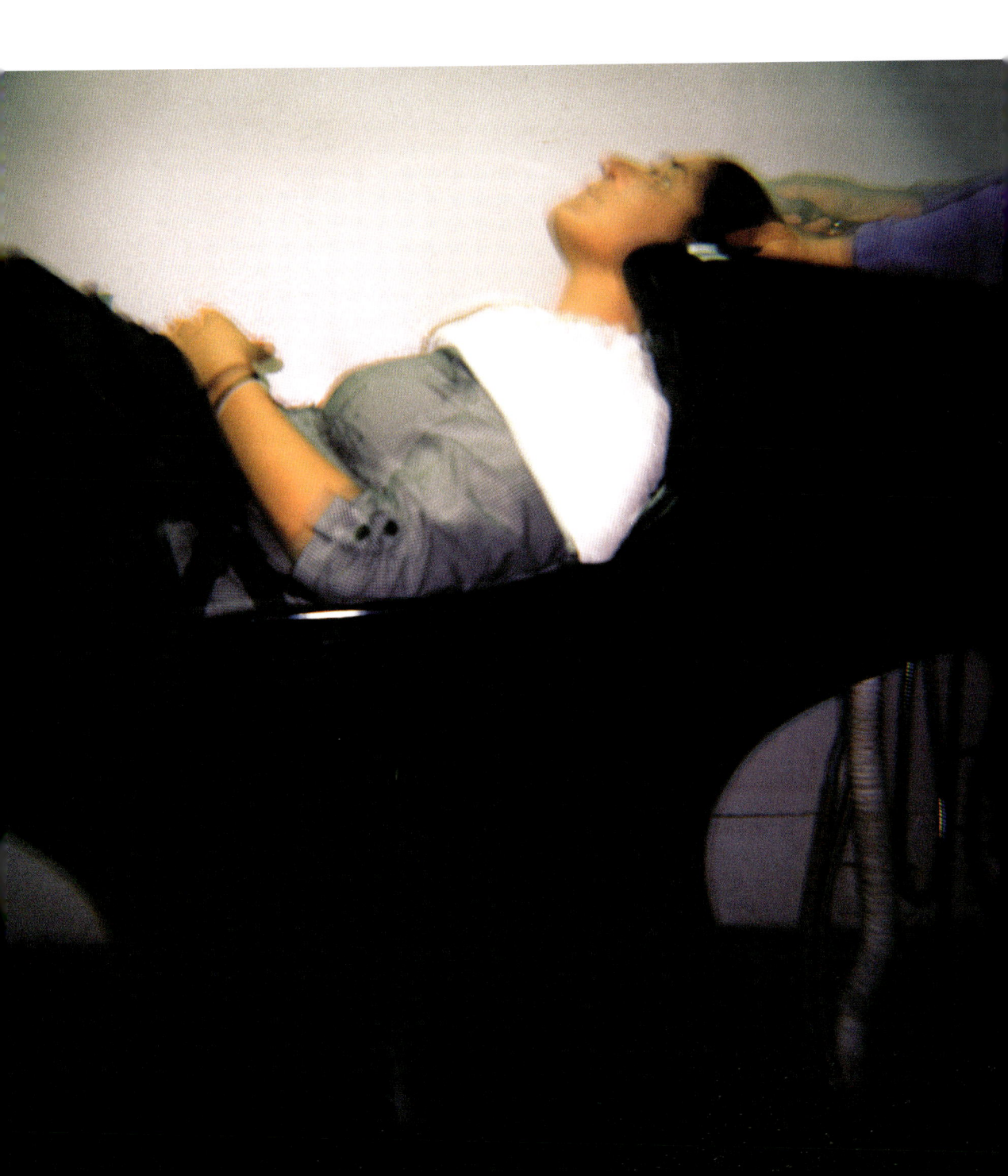

Depois de muito pensar na vida, cheguei à conclusão de que o meu maior problema foi ter nascido filha do meio. Lá na infância, quando tudo dói ligeiro e passa, meu pai trabalhava muito, minha irmã pedia um monte de roupas, e eu brincava de princesa, mas aceitava o resto do que era dela. Eu queria muito pouco, esperava muito pouco, era emotiva demais, e foi nesse contentamento com as sobras que me construí coadjuvante afetiva, coadjuvante até de minha maior e mais bela história de amor, como ousei qualificá-la. Não hoje, não mais, desde que estou no bloco do eu sozinha, e principio uma delicada relação de descobertas e apreço por minha pessoa. Tornei-me protagonista, afinal, mas precisei de vinte e oito longos anos para chegar até aqui.

Como já disse, fui irmã espremida entre as vontades de uma irmã mais velha e um irmão mais novo. Lembro-me de meus pais como um casal em que a emoção ficava com ele e a razão com ela. Papai mandava, chefão da família. Mamãe raciocinava que isso era muito bom e agia como acessório. Para eles, funcionou. Estão juntos e casados ainda hoje, e parece que foram relativamente felizes o tempo todo, o que, cá entre nós, é o que se espera de um casamento duradouro. A relatividade é uma boa forma de aceitação e manutenção. E o que é um casamento senão o exercício diário da aceitação, além de um esforço conjunto de manutenção?

Um belo dia, aos dezesseis anos de idade, resolvi passar um trote. Fiz um telefonema aleatório e, quando um rapaz atendeu, perguntei se o João estava. Ele respondeu que não, mas que estava ele, e perguntou se servia. Começamos a conversar. Calhou que ele morava duas quadras depois da minha. Marquei encontro e não fui. Na minha cabeça, aquilo era só um sarro com um cara desconhecido. O número do meu telefone eu dei, por que não? Foi dessa maneira que aquele moço, seis anos mais velho que eu, descobriu meu endereço e baixou lá em casa para me conhecer. Num quase medo, murmurei que não era de ficar ligando para todo mundo, que não era o que ele estava pensando, e implorei que desaparecesse. Depois fiquei ali, à porta, estática, como que digerindo um lindo conto de fadas!

O reencontro se deu um ano depois e, ilógica e esperada magia, começamos a sair e a namorar. Foi meu primeiro amor e minha primeira relação sexual. Na cama, dava tudo muito certo, mas tínhamos temperamentos diferentes. Eu, extrovertida, ele introvertido. Eu cheia de boas amigas, ele achando que elas não prestavam. Eu muito família, ele só aceitando a dele. Ele filho único mimado, eu aquela filha do meio que todo mundo já sabe. O que sobrou para mim, como de praxe, aceitei. Era como se ele tivesse me adotado e eu tivesse sido ungida com tudo que lhe era caro: seus amigos, seus parentes, seu universo soberano em detrimento do meu.

Oito anos de namoro e não vou dizer que me enganei de pessoa: ele sempre anunciou que não queria envolvimento. E nos falávamos todos os dias e passávamos todos os fins de semana juntos, e era divertido, e a gente transava, saía bastante, só que quando eu dizia "eu te amo", o melhor que ouvia de volta era um "eu também". Devia querer dizer que "se" amava, e não percebi. Mentira. Notava sim e, muita pretensão, pensava que não tinha importância porque o meu maior amor do mundo era suficiente e seria transformador. Aconteceu que o controle que eu gostaria de ter exercido não foi possível. Então, aconteceu que, quando por descuido engravidei, ele já saía com outra menina, já estava em outro processo.

Hoje é cristalino que estávamos em sintonias diferentes. O engenheiro e a professorinha. Ele me pedindo para "tirar", que depois a gente casava, e eu querendo compromisso. Ele ansiando por viver a vida adoidado e eu me esforçando para agradar. De repente, já fazia três meses e ouvi o coração do meu bebê. Ele protestante e eu católica, casamos sem festa. Um documento assinado. Primeiro indício do equívoco foi eu me preocupar, na hora da cerimônia, com quanto tempo iria durar. Navegante à deriva, marinheira de primeira viagem.

A lua-de-mel foi no apart-hotel de uma tia no Rio de Janeiro. Na primeira noite, deitado e perdido ao meu lado, meu marido não soube secar as lágrimas que chorei, cheia de pressentimentos. E então vieram os oito anos seguintes.

Sexualmente rejeitada durante a gravidez, esperei que depois do nascimento de nossa filha o desejo por mim voltasse. Nada, ele não tinha a menor intenção de me dar carinho, assistência ou amor. Meu Deus, quanta imaturidade em mim, em nós. Ele casou comigo obrigado. Eu construía castelos e me achava insubstituível. Não havia a menor possibilidade de aparecer alguém que o amasse aquele tanto. Que besteira. Arrumou de repente uma namorada no trabalho. Educado, avisou-me. Separamos. Nossa filhinha com três anos.

Depois do escuro sofrimento do começo, me animei. Consegui, aos poucos, me reestruturar. Organizei-me e esperei, calmamente, que voltasse. E depois de um ano, ele voltou! Ficamos juntos por um bom tempo, e então ele arranjou uma segunda namorada no trabalho. Está com ela até hoje. O mais terrível foi descobrir que, enquanto eu viajava de férias com meus pais, ele levou essa mulher para dentro da minha casa, para dentro da minha cama, para dentro de mim, como um estupro.

Afinal, a separação. E aí começaram os outros doze anos em que me tornei sua amante. Não houve jeito, não conseguia me relacionar com ninguém, nem sabia mais se aquilo era amor ou só uma vontade irreprimível de ganhar a batalha. O fato é que me submeti a um triângulo amoroso. Submissão, uma vírgula. Completamente descontrolada, numa hora eu seduzia, em outra controlava, na terceira perseguia. Quando me transformei em obsessiva insuportável, sumiram as amizades que ainda se importavam. Então me escondi, coberta de vergonha pela situação que permiti e ajudei a sustentar. Às vezes me pergunto se não fui a engenhosa e solitária arquiteta de tudo. Virei amiga e confidente da namorada. Foi por sua obra e graça que descobri que tinham transado na minha cama enquanto eu ainda estava casada. Ultrajada, descuidei de minha filha enquanto me entregava a artimanhas, manipulava a sogra e virava um animal sexualmente voraz para provar àquele homem que era melhor de cama do que a outra. Hoje percebo que queria ser vista, hoje compreendo que tudo o que fiz foi para que ele me enxergasse e admitisse que eu existia. E chegou o dia. Hoje ele me vê e me admira.

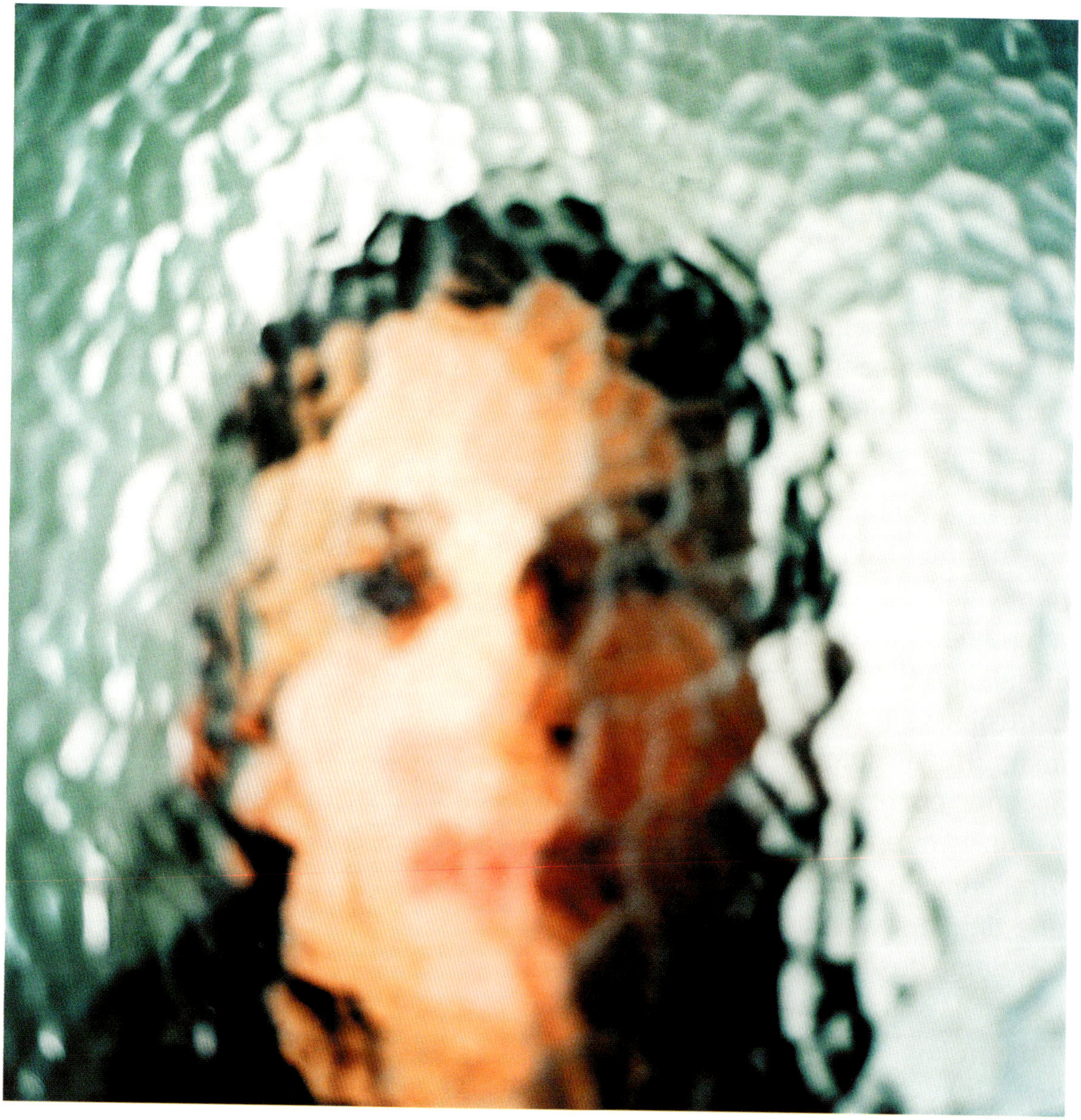

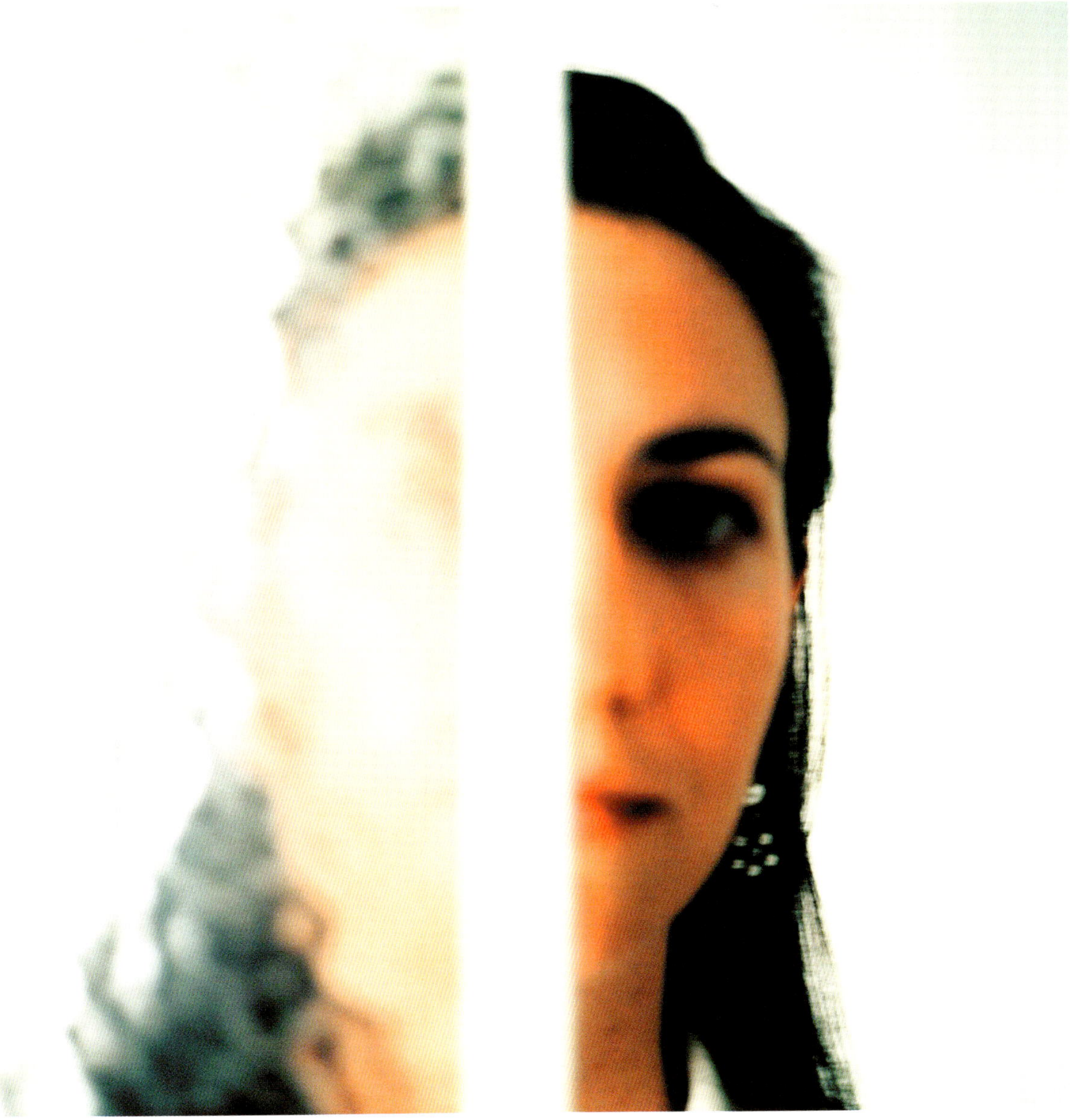

Antes, porém, veio o rapaz que conheci e ficou meu amigo. Passado um tempo, um pouco mais que amigo. Então, fomos para a cama juntos. Tive ressaca emocional no dia seguinte, tristeza, dor no corpo, dor na alma e, alarmada, decidi terminar aquela ligação doente com meu ex.

Cinzenta, chata, gritava para que pudessem me ouvir. Entrei num grupo, baixei a voz, ouvi outras mulheres, até que um dia me ouviram. Só aí passou. Conheci a serenidade. Minha filha aliviou minha culpa, tornando-se uma grande amiga. Às vezes dorme com o namorado lá em casa. Conheci outros homens e desisti dos que pretenderam pular etapas. Aos quarenta e cinco anos, estou descobrindo meu norte e não abro mão das fases que ainda me são devidas. Já não sinto tesão pelo meu ex-marido e acompanhei suas três cirurgias cardíacas com cuidado e amizade. Ele voltou a viver com a mãe, e eu os visito quando sou convidada ou sinto vontade. Moramos no mesmo edifício. Fui eu que liguei para sua namorada avisando da primeira cirurgia. Quando abri a porta para ela, com uma fatia de bolo, na casa da minha ex-sogra, pude perceber que não era nada feia, como sempre teimei em vê-la. Com coração leve de pássaro, deixei as duas se conhecendo melhor e desejei, de verdade, que fossem felizes.

Meu ex é pai de minha única filha e vamos ter sempre uma ligação, é natural. Como amigo, revelou-se muito melhor do que como marido. Deve pensar o mesmo de mim. Deixei de ser professora do ensino fundamental faz poucos dias, e estou disposta a testar outra profissão. Ainda não escolhi nenhuma. Tenho todo o tempo do mundo para me reinventar. No amor, pretendo arquivar o pires. Mendigar nunca mais. Mereço mesmo é um prato grande e cheio. Procuro alguém que me faça feliz fora da cama. Ah... se eu soubesse aos dezesseis como seria hoje, teria jogado melhor o jogo!

Do rancor antigo ficou o ranço da cama que era minha e desrespeitaram. Quando penso nisso, ainda me dá coceira, mas, a exemplo de tudo que vivi e superei, devagar eu chego lá!

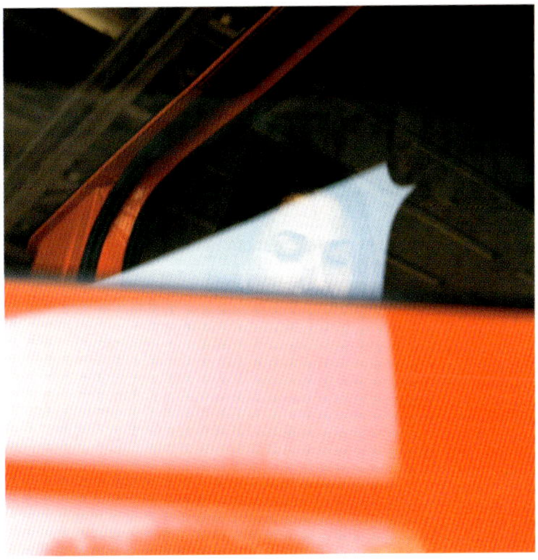

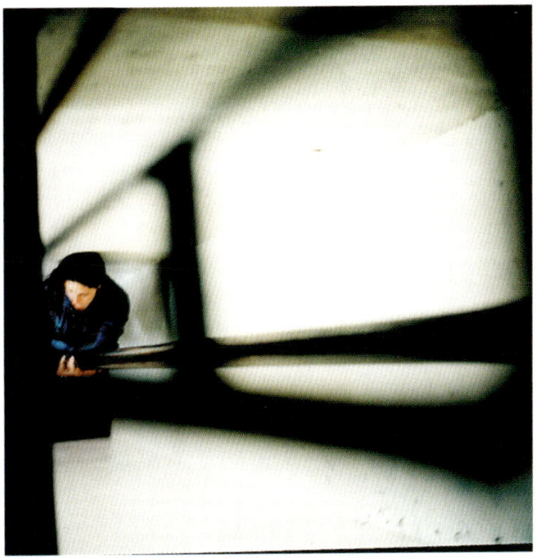

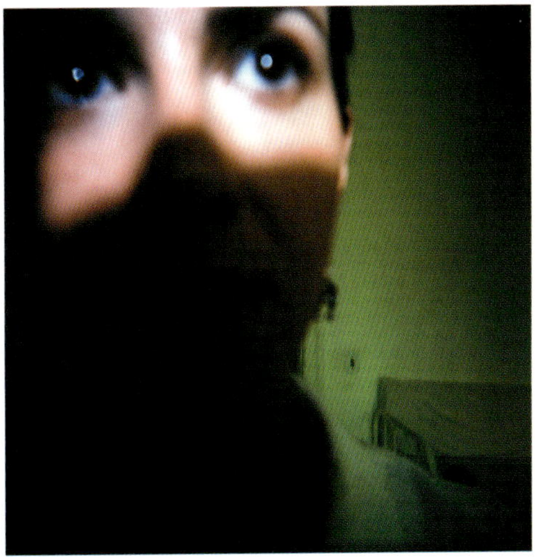

a inquietação

Dei para estudar os triângulos. Interessam-me, de modo especial. O triângulo é um polígono de três lados. Minhas histórias, desde a mais remota lembrança, sempre tiveram três versões. Todas razoáveis. Fascinante. Não é uma circunferência, não é um quadrado. É um triângulo, uma tríade, para ser mais exata, a representação dessa vida que tenho vivido como se fosse a última. Ou a primeira. Triângulo escaleno, de lados desiguais. Se bem que em alguns períodos de maior equilíbrio, configura-se como isósceles. Paz. Dois lados estão iguais. O eqüilátero nem cheguei a conhecer. Não me esforcei. Prestidigitadora de emoções, consigo, sozinha, fazer da minha cabeça um triângulo agudo e, por vezes, obtuso. Uma canseira. Gosto bastante do modelo semiótico, uma relação em que o primeiro se liga diretamente aos dois últimos, que, por sua vez, só se relacionam entre si através do primeiro. Vários ângulos da mesma questão, dando a alguém uma posição de vantagem. Gosto. Quero. Eu primeiro! Jogo inquieto e nervoso. Uma triangulação danada!

Sou filha de pai médico e mãe trabalhadora. Tenho um irmão que mora longe. De classe média, trata-se de família normal, para quem a vê com olhos leigos. Não é, posso garantir. Num passado não muito distante, foram imigrantes de Portugal e Itália. Minhas duas bisavós já chegaram aqui separadas. Estou falando de século passado, não de ontem ou anteontem. Século passado! Mulheres fortes, solitárias, sozinhas. Tenho isso na cabeça desde menina. Introjetei!

Minha mãe casou-se muito jovem com um homem bem mais velho. Fica assim estabelecido o primeiro triângulo: duas meninas disputando a atenção do mesmo pai. Não concluí isso sozinha. Sou resultado de anos de terapia com psiquiatras, psicanalistas e de sessões e mais sessões de AA, NA, MADA, DAES. Não vou tomar tempo traduzindo siglas, mas, asseguro,

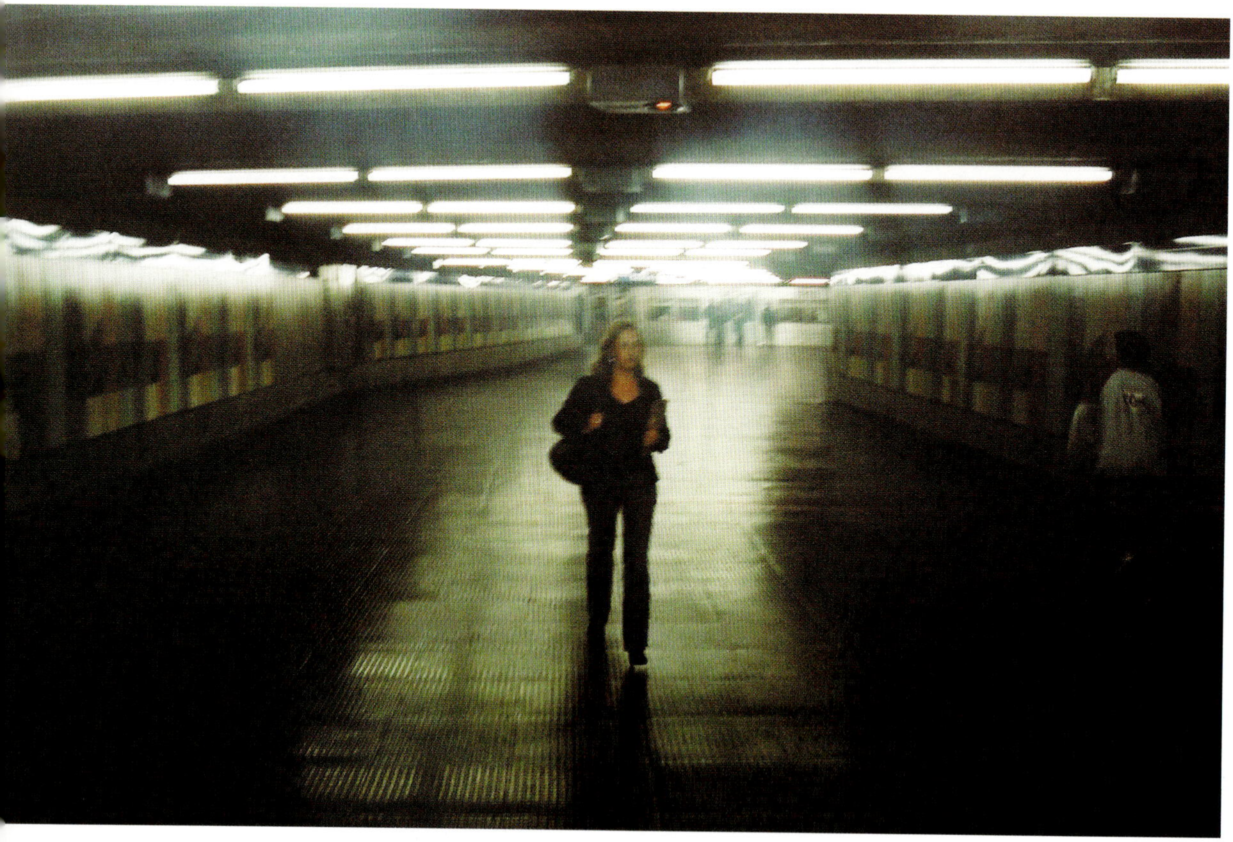

estão aí nomeados alguns dos mais importantes grupos de apoio para seres perturbados como eu. Ainda que não me considere uma mulher que ama demais padrão. Não! Não sou de ficar ao telefone discando compulsivamente, alô, você é o homem da minha vida. Minha condição é outra: sou obsessiva em pensamento. Esse, o meu triângulo privado.

Ando fazendo muita confusão, muita confusão, muita confusão. Um pouco atribuo a ter parado, por conta própria, de tomar antidepressivos, depois de dez anos de consumo. Resolvi e tirei. Fui baixando a dosagem aos poucos e cheguei até aqui. Pensei que estivesse ótima, e parei. Cá estou. Pirada. Pirada e coerente. Essa foi mais uma de minhas escolhas. Assino embaixo de todas elas.

Meus homens são sempre mais velhos do que eu, enrolados, inadequados, metidos com drogas ou ex-mulheres, alcoólatras, diferentes. Quando conheço um cara, pode apostar que ele está na merda. Eu entro de salvadora. Sou quem dá mais, regenero, vou tirar esse cara dessa viagem, vou ser a mulher da vida dele! É dessa forma que eu caço o amor. E já consegui o que queria em festas, bares e internet. O penúltimo pintou num chat para desesperados solitários. São histórias que carregam o sofrimento em seu bojo. Gosto dessa condição de relacionamento destrutivo, cheio de adrenalina. Alguém irá sumir e, importante, não serei amada porque, se for, não vou agüentar. Se gostar de mim, se for legal e tiver uma vida bacana, não vai ter link. Não curto uma coisa normal. Na verdade, vivo na ilusão, eterna adolescente sonhando grandes amores. Romeu e Julieta na cabeça, e não é nada disso. Por favor!! Não tenho mais treze anos e estamos no século XXI.

Casei-me duas vezes. Tive um filho na segunda. Ele hoje é adolescente. É, também, uma culpa que carrego neste momento nebuloso: ele não está entre minhas prioridades. Minhas baterias estão todas apontadas para um outro relacionamento, um novo dilema. Uma recaída emocional em meio à recuperação porque, depois de três anos, sinto que estou na ativa, e isso não é legal. Pode crer. Devia segurar a minha onda e me tratar, mas não. Miquei de novo. Eu sei.

Como já disse, conheci meu último namorado na internet, num site de relacionamento, depois de ficar um tempo afastada das lides, cansada dos casamentos e das separações. Destruição sobre destruição. A culpa não é do veículo, veja bem. Eu teria encontrado um fracassado na rua, na esquina, num canto, em qualquer lugar. Foi pelo site. Ele estava num buraco. Tinha fracassado no trabalho, no casamento, link imediato. Pensando bem, não foi namoro. Foi caso. Ele já estava com uma namorada. Ideal. Eis o trio ternura formado. Aconteceu que, em três anos de relação, ele se recuperou. Ficou para mim. Enquanto isso, me dedicava a desconstruí-lo na terapia. Sim, porque ele me corneou, e muito, acredite. Três meses atrás, num estresse, fui para uma praia sossegada. Foi então que conheci o velejador.

Não sei se ele é fracassado também, não sei. Mas o cara mora num barco, nem mais nem menos. Se eu fosse uma sereia, seria mais fácil. O cara habita o mar. Não sou do mar. Nunca tinha tido um homem-peixe. Outra linguagem, outro papo, uma loucura. Tinha que gostar dele? Tinha. É uma história nova, instigante, me tira a tranqüilidade. Adoro pessoas que me arrancam do chão por três segundos. Amo a adrenalina penetrando a veia, e cuido para não pensar na puta ressaca emocional que vem depois. Vício doido. Amo e odeio.

O internauta sabe da novidade. Insiste. Quer continuar comigo. Estou divididíssima. No começo, acreditei que triangulava com um barco. Saquei rapidinho: fiz um triângulo novo! Estou com os dois. Vou levar o assunto ao terapeuta. Nunca estive nessa situação. Nunca fui eu a montar os triângulos. Nunca eu a oficialmente responsável. Sempre aceitei-os, para ter a certeza de que sofreria e me lamentaria, na seqüência.

Não vou viver no mar, não posso. Tenho meu filho e seria um desfrute me entregar a essa aventura. O velejador é o velejador. Veio passar um mês e meio comigo na cidade e quase me levou à loucura. Morreu de tédio e estranhamento em terra firme e grudou-se no meu pé o dia inteiro. Um saco. Depois, por sorte, foi-se embora com sua liberdade. Angra ou Trancoso, não sei. Fiquei com o outro, querendo o que estava no barco. Não é normal. Inadequados para uma inadequada.

Sou jornalista e relações-públicas. Vivi uns tempos prestando assessoria de imprensa. Uma babaquice de festas, falsidades, papo furado, aquela viadagem toda. Depois fiz política, comichão antiga, a força entranhada das mulheres da família, um quase segredo. Não deu certo e parei.

Estou muito mexida. Resolvi abrir um brechó. Para cair na real, me pareceu uma boa opção. Faz três meses que flutuo. Só tenho vivido essa divisão, esse elaborado polígono, esse triângulo das Bermudas particular. Será que Deus deseja que eu viva desse jeito, para ver como é que é? E se não der certo? Saio? Vou ter que enfrentar? Não sei. Tenho medo de me desconectar. Tantos amigos da minha geração se desconectaram, se foram. Ando chorando muito. Não estou me agüentando em mim. Tento me focar, mas a pressão é muita. Auto-estima no fundo do mar, resumo que qualquer mulher é melhor que eu. Antes não. Tudo muito trágico, em mim, ultimamente. O fundo do poço é bem pertinho. E não estou sendo honesta, é isso! Há uma honestidade implícita na salvadora, na que entra num triângulo para socorrer. Como defender quem constrói, deliberadamente, o seu jogo triangulado?! Infelizmente, tenho que ser sincera: tem horas que eu acho esse negócio, essa compulsão, essa intensidade toda muito legal. Podia não ser vinte e quatro horas por dia, certo. Mas não invalida, não deixa de ser legal.

Jesus do céu, como ser feliz se, neste momento, eu sinto que não presto?!

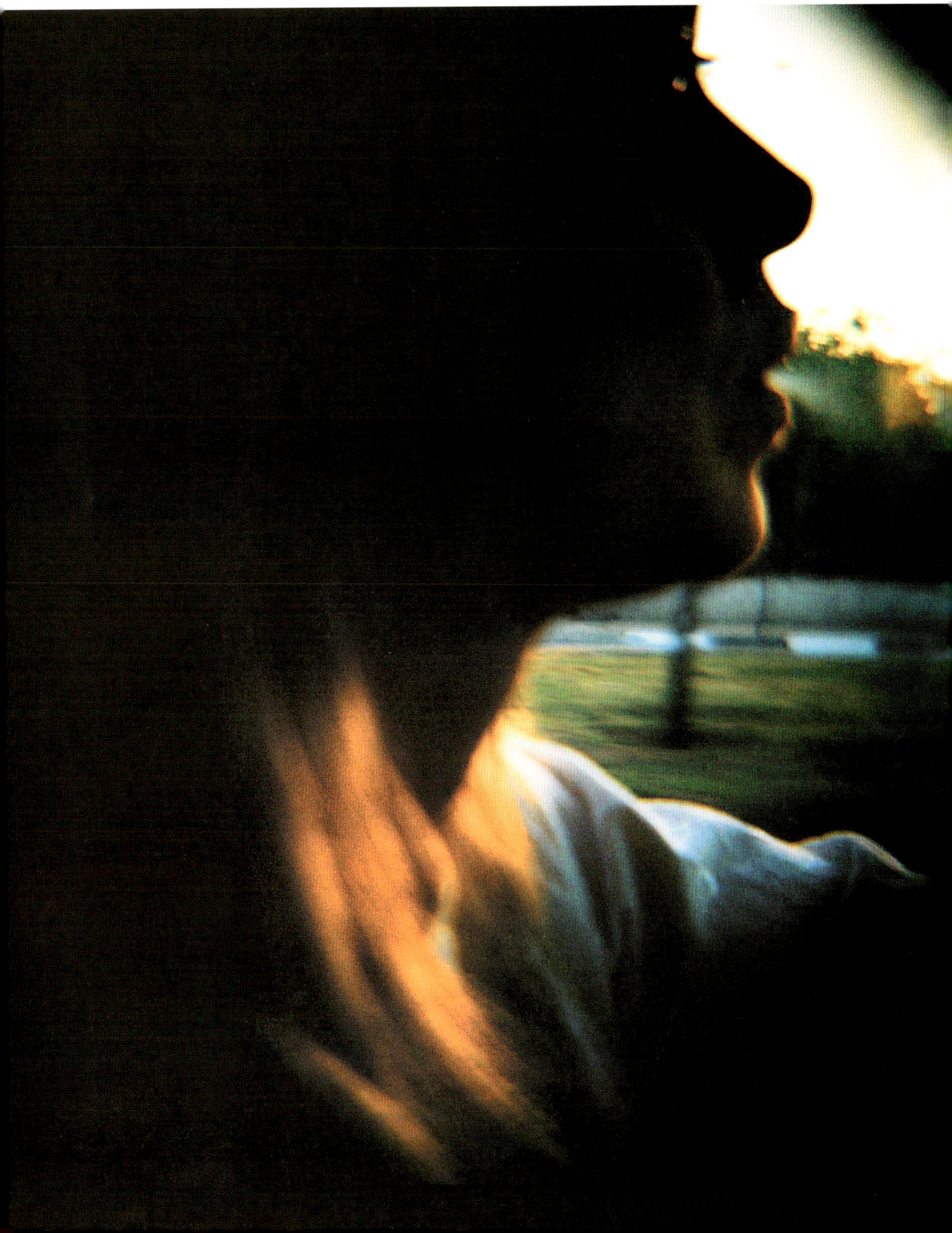

a busca

Olhando de fora, minha vida é uma desgraceira, mas a vida é para ser vivida e não olhada de fora.

Fui criada por minha avó paterna e não me lembro de ter passado nenhum momento de dor por falta de mãe. Eu estava acostumada. De vez em quando, ela aparecia, ficava meia hora e logo sumia, porque só estava interessada em sua própria vida ou em algum novo casamento destrutivo, do tipo que ela era mestra em arranjar.

Meu pai já bebia quando a conheceu. Não foi problema nenhum continuar. Tudo na paz.

A casa dos meus avós vivia cheia de gente, e nela prevaleciam o jogo e a cachaça. Ficavam no carteado a noite inteira, e era engraçado ver meu pai se pegar com meu avô por conta de pileque ou acusação de trapaça. Álcool para mim era sinônimo de pessoas alegres, casa cheia, um bom hábito. Fomos criados com muita independência, meu irmão e eu. Só ele apanhava de meu pai. Eu não. Esse era o único momento em que eu detestava bebida: quando meu irmão apanhava. A vida dele foi bem pior que a minha. Chegou a se casar, teve uma filha e morreu de AIDS, dois anos atrás. Era viciado em crack. Posso dizer que virei sua mãezona quando a família largou mão dele. Arrumei clínica de recuperação, indiquei terapia ocupacional e et cetera e tal. Uma ocasião, foi flagrado com umas pedras, foi preso e, ainda assim, eu saía do trabalho na hora do almoço e passava uma hora e pouco com ele, na cadeia, todos os dias.

Meu pai pulou do barco quando eu estava com dezessete anos. Foi viver no litoral. Só parou de beber e de fumar recentemente, por nenhum outro motivo além do câncer que lhe devora a garganta. Eu o recebo em minha vida quando vem à capital fazer quimioterapia. Nunca deixou de ser meu amigo.

Como pode ver, sobrevivi até aqui. Cheguei aos quarenta e qualquer coisa e me mantive alegre, sem saber explicar como, nem por quê!

Muito bem. Voltando aos dezessete, nessa idade fui viver com minha mãe. Andava sem recursos, precisava estudar e trabalhar, ela morava bem. Lá fui eu, empolgada com a idéia. Caí na maior cilada. Seu casamento da hora era com um cafajeste que não respeitava sequer as amigas dela. Minha mãe, em nome do amor, não reclamava. Comigo, ele brincava que quando minha mãe morresse, eu ocuparia seu lugar. Comigo, nem morta, isso sim!

Numa noite de temporal faltou luz no bairro. Eu já estava na cama, quando alguém entrou, pé ante pé, e se deitou comigo. Não era meu irmão, como pensei, a princípio. Era o canalha, e estava nu. Assustada, grito travado na garganta, comecei a bater com o primeiro objeto ao alcance da mão na cabeceira da cama, até que minha mãe apareceu, segurando uma vela. Muitos berros depois, espanto, medo e vergonha, expliquei que ele só tinha encostado em mim, mais nada. Eu não abria mão, no entanto, de ir à delegacia fazer a denúncia. Naquele instante minha mãe fez sua escolha: trancou-me no quarto. Mais tarde, tentaria destruir minha reputação, dizendo aos parentes que eu o seduzira. Não colou. Mamãezinha aventureira, cartomante de araque, tinha sua reputação junto aos parentes. Não fosse o trânsito de bailarinas de boate, traficantes amigos e freguesas diversas de suas múltiplas adivinhações pela casa em que vivíamos, quem sabe sua história não teria colado?!

Tive um namorado dos dezenove aos vinte e três, e consegui me manter virgem. Hoje nem sei bem para quê, mas, então, era como uma reserva moral em meio ao caos. Fazia sexo oral, essas coisas, e queria casar direito, de véu e grinalda, toda de branco. Era meu sonho. Foi um relacionamento superdestrutivo. Pudera. Alguma coisa eu tinha que herdar daquela mãe ameaçadora, que insistia em me levar ao médico, para descobrir se eu estava ou não intacta, princesinha de contos de fadas, enquanto me acusava de sem-vergonha e ordinária para quem quisesse ouvir.

Acontece que esse cara já estava com outra. Não quis mais vê-lo, me ameaçou, brigamos feio na esquina, me jogou na frente de um carro e acabou apanhando do motorista. Bem feito!

Minha história de verdade ainda estava por vir. Foi num curso de informática que acabei conhecendo o homem com quem fiquei durante quinze anos. Gostei dele. Começamos bem e, em uma semana, fomos pra cama.

O mundo veio abaixo. Minha mãe me ofendeu, me atacou e, por fim, aceitei o convite e fui morar na casa desse namorado. Ele vivia com os pais. Para me acomodar, mudou-se para a casa da avó que ficava perto. Eu com os pais dele, ele com a avó. Não parece um filme? Essa foi a minha realidade, o ritual de passagem da felicidade da infância e da adolescência para minha vitimização adulta e consentida. Depois de três anos tratada como filha, namorado acomodado, marasmo no pedaço, decidi tomar as rédeas da situação. Juntei meu parco dinheirinho, aluguei uma casinha e fui comprando móveis a prestação. Ia mobiliando e esclarecendo: é pra nós dois, viu?! Funcionou. Ele me propôs casamento. Sim, sim, aceito!

No dia da prova da roupa, na presença dos meus sogros e do meu irmão, o noivo aparece na loja, saído do nada e, ao me ver toda vestida, enlouquece e troca o dito pelo não dito: não queria viver preso nem ter responsabilidades. Justo ele, irresponsável de carteirinha, que nunca soube quanto a mãe pagava de conta de luz ou quanto eu pagava de aluguel.

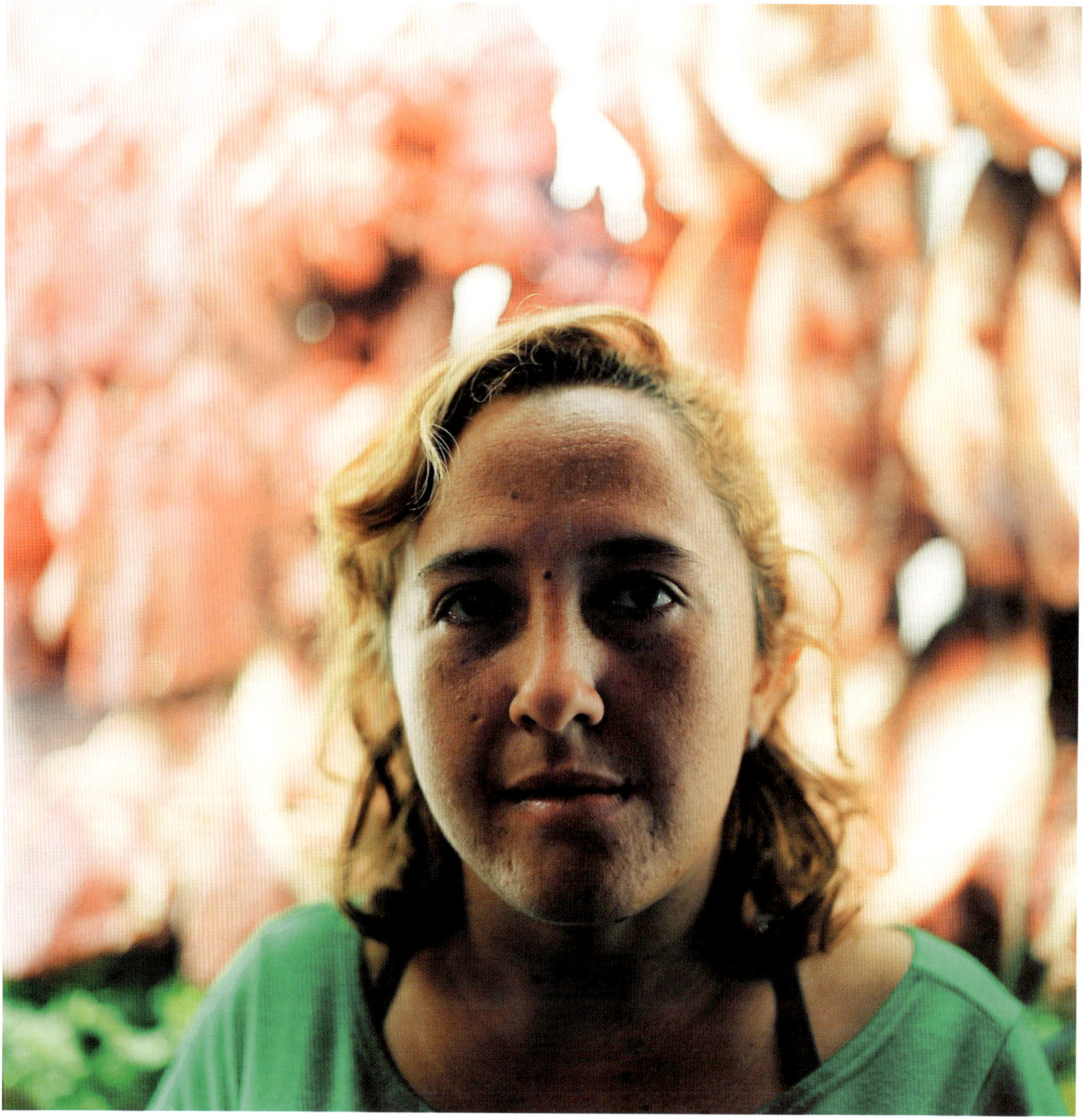

Apaixonada, chorei de dar dó. Apaixonada? Doente, isso sim! Seguindo o conselho da sogra "vai morar sozinha na tal casinha e tentar realizar seus sonhos, querida", fui.

Depois de três meses, o covarde veio, arrependido, me propondo convivência sem casamento. Eu, que deitava no chão pra ele passar em cima, aceitei. Tudo em nome do amor. Já usei essa expressão antes, não usei? Besta, idiota, passei a brincar de casinha, de esposa perfeita. Lavava, passava e cozinhava enquanto ele tinha seus compromissos ou o interminável futebol com os amigos. Quando eu reclamava, ele dizia: você faz porque quer. E eu pensava: é verdade, e o mundo girava.

Pouco depois veio o romance com a moça no trabalho. Meu irmão me contou. Era uma coitada de baixo nível e péssima aparência, a ponto de eu não querer acreditar. Passou a chegar tarde. O pau quebrava. Um dia me avisou que ia fazer faculdade de administração. Fui também, só pra ficar no controle. Não consigo me lembrar de uma aula, um conhecimento que tenha adquirido, nada de nada, porque só prestava atenção nele e nas meninas que chegavam perto. Histérica! Voltava exausta para casa e, aos prantos, implorava para que nunca me traísse. Claro que não, meu bem, claro que não.

E ainda me entregava na cama. Foi por mágoa que passei a fingir orgasmos. Prazer, nunca mais. Madre Teresa eu, as prioridades todas dele. O que você quer, meu bem? Roupa de grife? Diga qual. Eu pago. Carro zero? Pago com o dinheiro das férias que não vou gozar. Nós dois queremos fazer um curso de inglês? Que bom! Vai você primeiro que, quando eu tiver umas economias sobrando, chega minha vez! Que mulher absurda!

A essa altura do campeonato, ele estava firme com a outra, a tal coitadinha que menosprezei. Fui avisada, precisei encarar a realidade e comecei a ligar para a mulher e a fazer escândalos. Eu me transformei na minha mãe!

Nesse período, tentei filosofias orientais para aprender a perdoar, me indispus com a sogra, preenchi a vida com orações e com ódios. Não é pouco. Traí a mim mesma por mais uns dois anos. Marcava a quilometragem do carro do cretino, acordava cedo pra conferir na garagem da casa da avó (sim, ele voltou a viver lá) e continuava achando que o mundo só valia a pena se fosse em tão nobre companhia. Desculpem minha existência, *mea culpa, mea culpa*, com licença, perdão.

Um belo dia, alguém ligou para contar que a feiosa esperava um filho. Tem sempre alguém que liga pra contar, já reparou? Acredita que eu pensei que fosse trote? Minha sogra a tricotar um enxoval e eu achando que fosse trote. O bebê nasceu cheio de problemas porque a mãe fumou a gravidez inteira. Eu? Fiquei firme e cuidei do filho dele durante quatro anos. Se tivesse saco, seria elástico, não é verdade? Vergonha também! A criança ficava durante o dia na casinha pobre da moça, à noite recebendo tratamento de primeira na minha casa. Essa criança hoje tem nove anos e me envia cartinhas, declarando seu amor por mim. Até que enfim alguém me aprecia nessa confusão, que ainda teve um tempo de toma-lá-dá-cá, disse-me-disse e coisa e tal. Pouparei seu tempo. Conheci a outra, descobri sua desgraceira concomitante à minha, perdoei-a, como me aconselhava a seita, e percebi o quanto fomos mulherzinhas culpadas por achar que amávamos demais.

Depois de quinze anos de vida em comum, um dia resolvi dar uma surra nele que, afinal, tomou uma atitude e escolheu: mudou-se com a própria mãe, periquito e papagaio para o interior, e se casou com a mãe de seu filho. Deixou minhas economias destruídas por investimentos que fez numa choperia e num lava-rápido. Empreendimentos dele que não deram certo e nasceram de cheques e cartões de crédito meus. Por sorte, consigo trabalho com facilidade. Sou competente e não perdi o bom humor. Só percebi, com muita dor, que a vida não é um relacionamento afetivo contínuo e bem-sucedido. Pensando bem, acho bonita essa descoberta.

Já topei por aí com uns rapazes mais jovens. Eu costumo atrair caras mais jovens, mas resolvi me prevenir e fugir dos imaturos. É difícil crescer, impressionante como é. Tenho me esforçado. Entrego nas mãos de meu Superior e vou empurrando. Quem paga o aluguel no apartamento que hoje habito, acredite, é o co-autor dos quinze anos mais pesados da minha história. Não estou dando conta de todas as minhas dívidas, e aceitei. Sem compromisso. Tenho ido sozinha ao teatro e ao cinema, e gosto de me identificar com as personagens.

Desisti de ter filhos. O tempo passou. Quem sabe, um dia, adoto um?! Recupero-me, resgato-me. Antes que me esqueça, cruzei com um vizinho bonitão. Jogamos uma conversinha fora e ele me acenou com um futuro convite para tomar um vinho... Eu te ligo!! Não ligou e, noutro dia, quando me peguei deitada no chão para espiar por baixo da porta a ver se ele chegava, morri de rir de mim mesma. Bom sinal.

Já andei arrebitando a bunda para molhar as plantas na varanda e permitir que ele apreciasse o espetáculo. Tiro e queda, o fulaninho lembrou-se do convite e repetiu "precisamos tomar aquele vinho, vou te ligar!!". Ligou pra você? Pra mim, também não. Agora estou de prontidão, pensando numas novas lingeries. Pretendo sair na sacada de calcinha, deixar o cara de pau duro o dia inteiro e quando, afinal, for convidada para o tal vinho, vou recusar só para ele aprender como é que se lida com uma mulher!

Eu aprendi. A duras penas. A vida é boa! É uma desgraceira, mas é boa! Aceita mais um copo? Saúde!

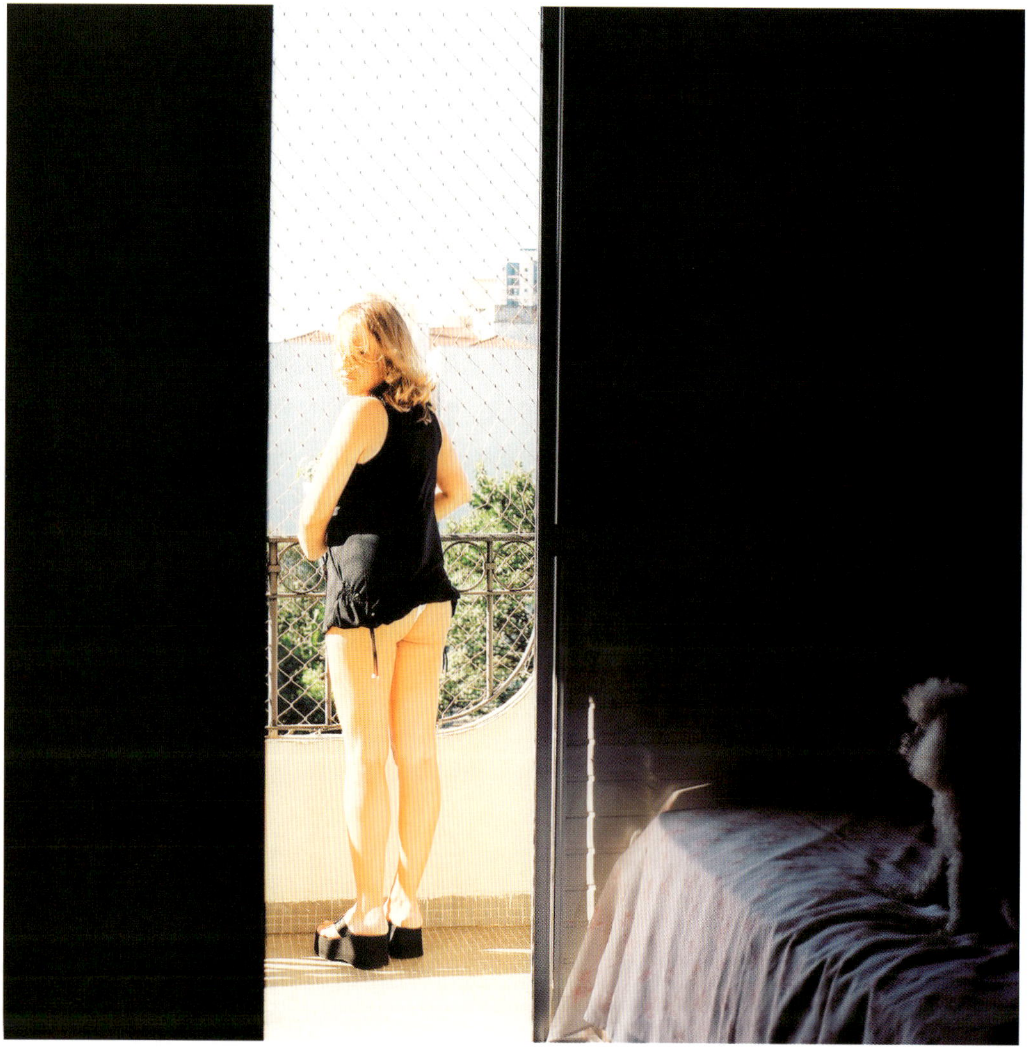

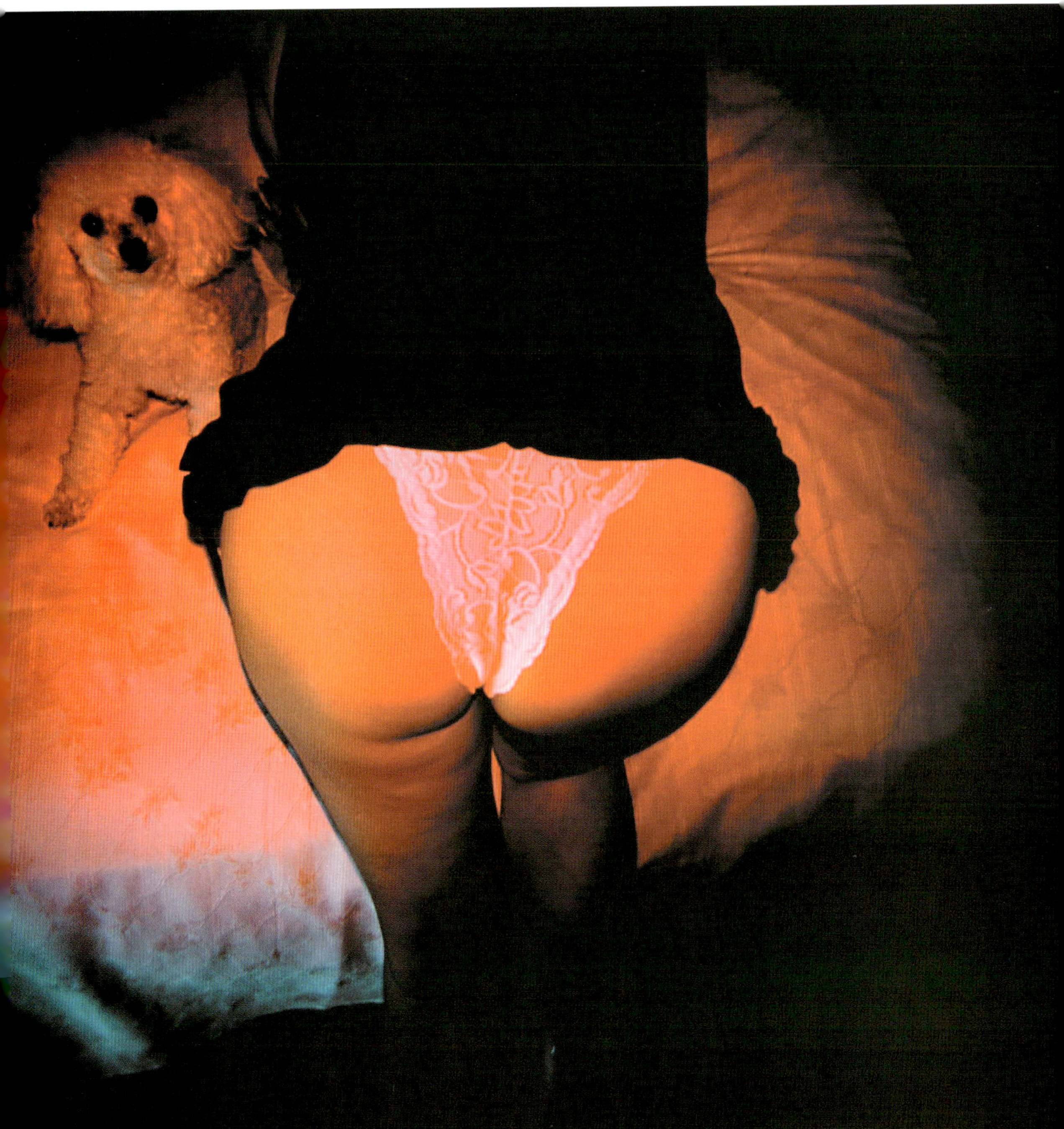

o pânico

Se há uma coisa que hoje me dá tranqüilidade na vida é roer unha. Sentar e roer unha. Comecei com essa mania faz pouco tempo. Não há pelinha ou cantinho que sobre. Ocupa meu tempo, me acalma, me dá tempo para pensar ou imaginar coisas, sem ter que falar com ninguém. Meus dentes trabalhando meticulosamente, as engrenagens na cabeça funcionando ruidosamente e todo o mundo alheio a esse meu momento. Isso é paz, um instante de paz.

Tenho comido muitas outras coisas, além das unhas, e já engordei cinco quilos. Foi outro artifício que encontrei para lidar com a ansiedade. Outro dia mesmo, comprei sorvete e biscoitos num supermercado, passei pelo caixa e então a voz começou. Eu tenho ouvido vozes, sabe? A voz começou a me dizer umas coisas muito chatas, eu retruquei e começamos a bater boca. Não me lembro de nada, mas me contaram que berrei e chorei muito, e me agarrei com uma vendedora, e pedi a ela que não deixasse aquela mulher me levar embora, como queria.

Eu estava usando meu uniforme de bombeiro, e então chamaram os bombeiros. Sou civil, mas vieram os militares. Eles foram legais e disseram que sabiam para onde me levar. Fui enfiada na viatura e internada no Hospital do Mandaqui. Pelos documentos que encontraram na bolsa, acharam meu marido, que me tirou de lá no dia seguinte. Tive um surto, foi isso. Perdi o emprego e resolveram que eu devia visitar minha mãe no Rio Grande do Norte. Eu e meus filhos. Tenho dois, uma menina de nove e o menino de cinco. Foi bom ter ido porque pudemos conversar melhor sobre o que fez com que ela brigasse comigo no último ano. E também sobre a loja de roupas que eu estava montando, decoração pronta e tudo, modelos que minha mãe costura, e que devolvi, abandonei, porque não tenho cabeça no momento.

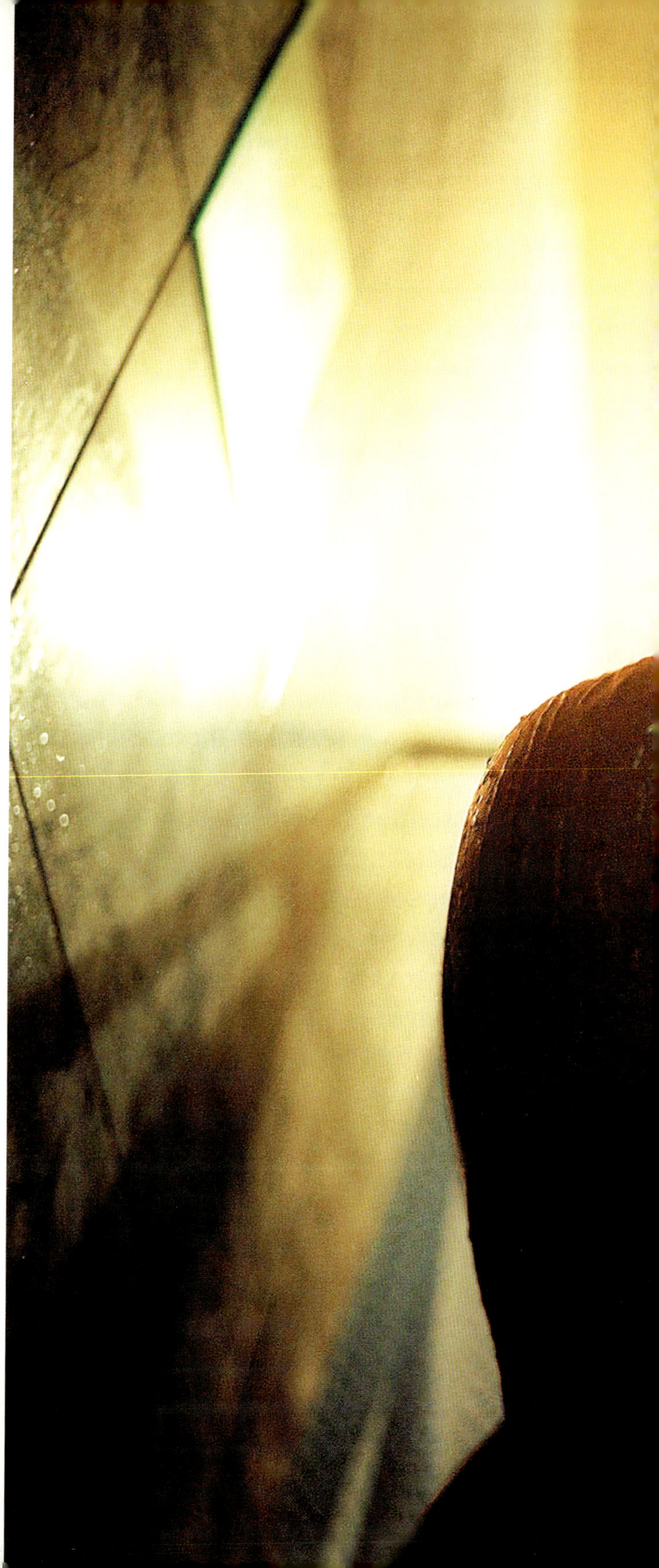

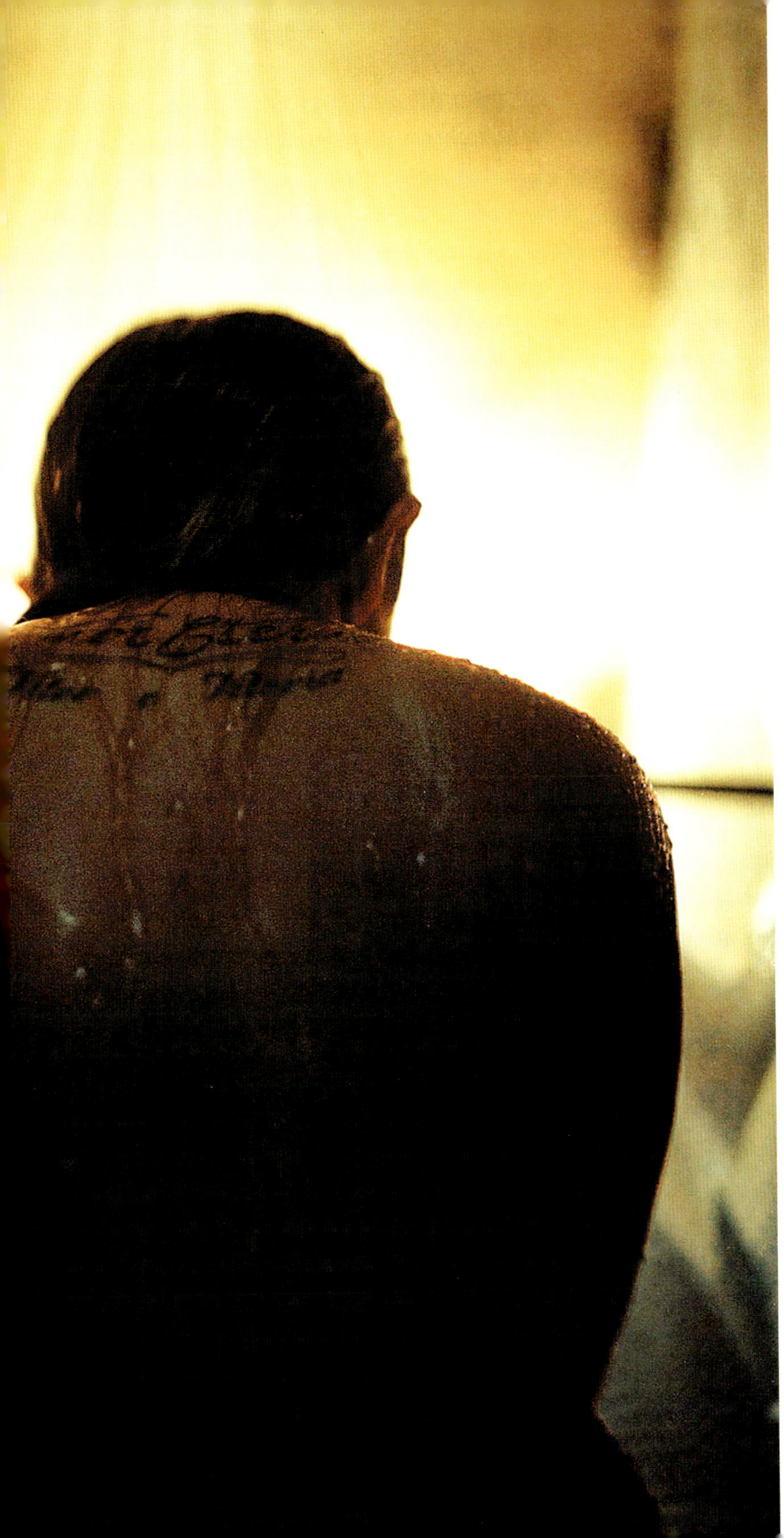

Não fui sempre assim. Sou pura carne de pescoço. Já fui motorista de senhora doente, de uma filha de juiz que fazia fisioterapia, de outra jovem que sofreu acidente; sempre gostei de trabalhar com pessoas prejudicadas. E gosto de ver sangue, gosto! Sou uma pessoa fria, assim, se você estiver precisando de mim ali, sangrando, eu vou lá e ponho a mão, porque eu não tenho medo. Nesse sentido, eu sou fria. Acho que é muito importante aprender a salvar uma vida, é essencial saber o que fazer numa hora dessas. E eu sei. Fiz um ano e meio de curso de resgate. Às vezes um bombeiro militar não aceita um civil, mas eu acho que a nossa função é mais importante que a deles, porque a gente chega primeiro. Numa ocorrência, o civil sempre chega antes e, embora a gente não tenha o mesmo equipamento, se não fosse por esse primeiro momento de socorro, muitas vítimas estariam mortas. É isso que eu penso. Já salvei duas vidas. Uma senhora de noventa e oito anos, com parada respiratória e um menino que caiu em cima de uma lança de portão, quando tentava pegar sua pipa. Foi perto do colégio do meu filho, e eu estava ali por acaso. O coitadinho acabou morrendo depois de noventa dias por causa da hemorragia interna, mas, cá comigo, eu sempre penso que lhe dei mais três meses de vida. É uma boa sensação.

Nasci numa cidadezinha chamada Patu, mas foi na capital do meu estado, Natal, que conheci o meu marido. Ele é uma pessoa maravilhosa, aquela pessoa que, se pudesse, me daria o mundo, um companheiro que me amou até outro dia, mas acho que agora ele não vai mais segurar a minha barra. Quero muito que ele arrume alguém que o mereça, já que a minha safra parece que passou.

Ele trabalha no Museu de Ciência e Tecnologia de uma grande universidade, em São Paulo, e me conheceu quando foi à minha terra dar palestras. Eu era garçonete de um barzinho de praia, baixinha, franzina, estava com treze anos e meu peito nem tinha crescido direito. Um gabiru, como dizem por aí. Pois ele gostou de mim assim mesmo. Uma menininha feinha, mirradinha, e ele me quis, assim mesmo. Só posso agradecer.

A gente começou a se conhecer, vim várias vezes a São Paulo, durante três meses, até que ele propôs viver junto. Durante quatro anos, não me deixou trabalhar, e nós só curtimos. Foi muita viagem, muito passeio, ele me fez feliz em todos os sentidos. Nem precisamos casar de papel passado! Depois, eu engravidei. Ele é maduro, vinte anos mais velho que eu, era compreensivo, nunca me faltou nada ou às crianças, mas ontem me mandou embora. E eu vou.

Eu estou loucamente apaixonada por uma mulher, e nada mais me importa. Só os meus filhos, porque eu acho que mãe não pode abandonar os filhos nunca. Nem com promessa de voltar depois, não pode! E eu ainda não contei a eles o que está se passando porque estou com muito medo de que eles não entendam. Nem eu entendia muito, no começo.

Ela é assim, baixinha como eu, magrinha, emagreceu mais ainda, de saudade, enquanto viajei. Tem os cabelos longos, bem pretinhos e lisos, é branquinha cor de leite, usa óculos de grau e é linda, como ela é linda, ai... Era minha amiga, vivia dentro da minha casa, conheci há uns três anos e nunca imaginei que isso fosse acontecer. Ela é motorista de ônibus e eu apanhava o carro dela todo dia. Eu era a passageira do ônibus que ela dirigia, não é bonito? Morava com a mãe pertinho da minha casa, e ainda mora, e ficamos amigas e eu ia sempre lá, tomar sorvete. Hoje já não posso, não deixam. Horrível. Começou comigo, eu querendo mais, ver mais. Ela pegava às duas da tarde, no trabalho. Então eu pensava em alguma coisa pra fazer na rua. Eu me arrumava toda bonitinha, botava meu filho na escola, pegava o primeiro ônibus que passasse na minha porta e assim, tudo calculado no relógio, sabia onde ela estaria naquele horário. Descia no ponto certo a tempo de pegar o coletivo que ela dirigia. Depois descia de novo, e repetia a operação umas quatro vezes ao dia, descendo e subindo daquele ônibus, só para poder olhar o rosto dela, trocar algumas palavras. Ela, brincando, dizia que eu devia estar caçando homem, que isso de mulher enfeitada passeando de ônibus é coisa de pegadora. Um ano atrás, a gente se esbarrou enquanto lavava louça na cozinha da minha casa. Veio um abraço e depois o abismo. Eu nunca tinha sentido nada parecido e não quero sentir outra coisa pelo resto dos meus dias. Foi diferente de tudo. Ela tão feminina, tão macia, usa brinco de argola, vestido, minissaia, é perfumada, doce, e me faz tremer, me dá um tesão e um prazer que nunca pensei merecer sentir. Sabe não ter cueca jogada no chão? Sabe entender quando você está com cólica e dor de cabeça? E a conversa é a mesma, o trabalho de casa dividido, tão diferente! Eu ficava revoltada de ouvir a família do meu marido, desconfiada, vendo ela sempre por lá, dizer: cuidado com essa mulher, ela é sapatão, cuidado, ela vai te cantar, é sapatão, vai destruir teu casamento... Queria responder "o casamento já acabou, somos só amigos e ela é que é a minha razão de viver, o ar que respiro, o meu primeiro pensamento quando abro os olhos depois dos sonhos que tive com ela".

Contei tudo para o meu marido, depois de uns meses. Ele tem muita boa vontade. Primeiro, me disse para pensar bem no que eu realmente queria porque a sociedade, sabe como é... A sociedade não perdoa esse tipo de

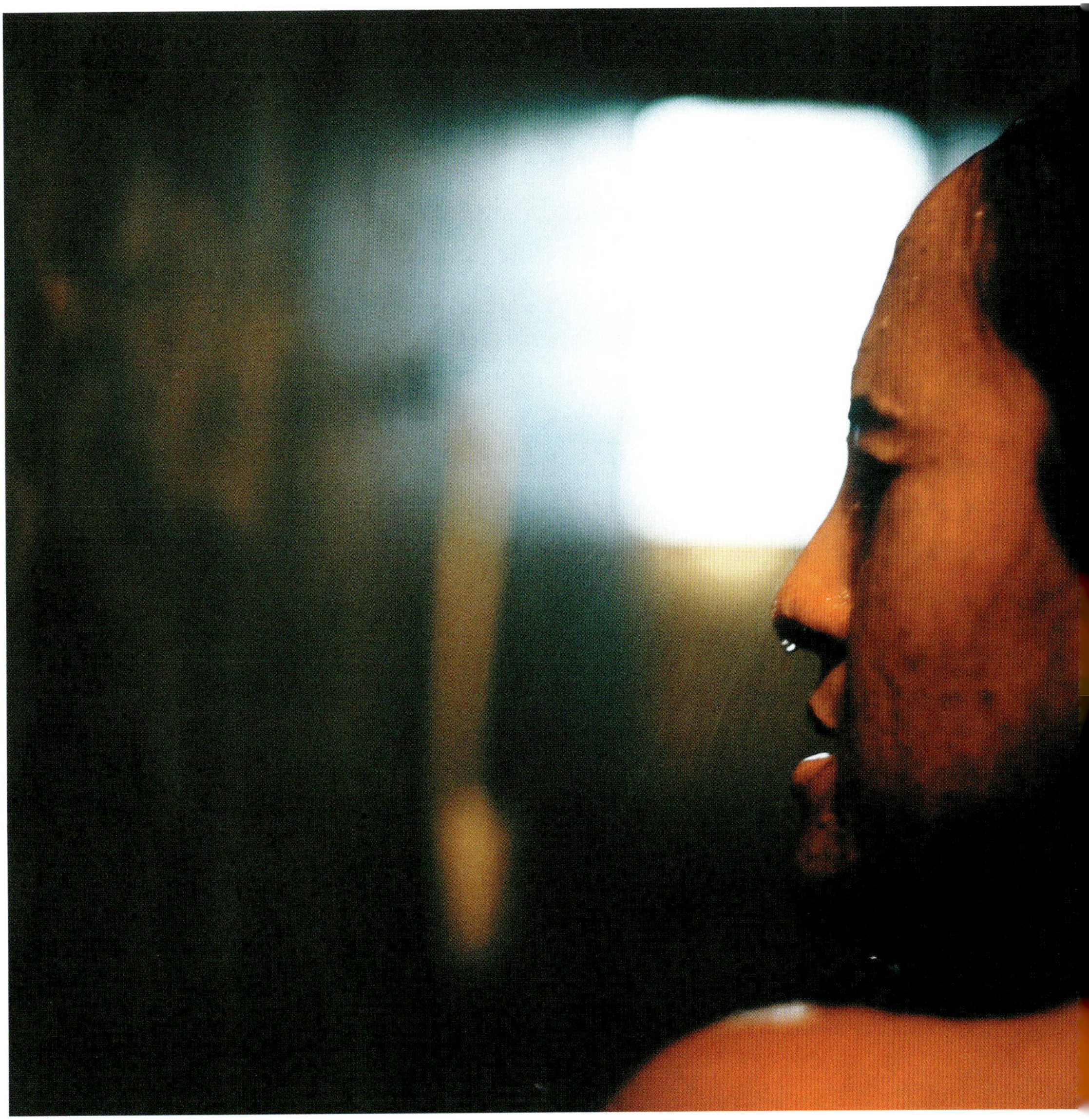

relação. Depois, passou a dormir na sala, para nós duas podermos transar no quarto. Isso nos dias em que as crianças estavam com os avós. Um santo mesmo, esse homem.

Agora, no entanto, tudo mudou. Com o tempo e a intimidade, descobri e comecei a ter muito ciúme da mulher com quem a minha boneca foi casada, com quem tem uma afilhada que é como filha. Então, comecei a perder a noção de tudo. Não tenho ciúme dela com ninguém nesse mundo, a não ser com esta mulher. E não adianta ela me pedir para não ter medo, para eu respeitar essa amizade do passado e seu carinho pela menina porque sou o seu único grande amor. Insegura, descobrir o amor trouxe a reboque o desespero. Depois vieram os boatos. Passei a controlar a fatura de seu cartão de crédito, depois liguei para a operadora e, usando seus documentos, descobri que tinha feito um crédito no celular para a ex! Fucei noutra fatura e surgiu uma compra no supermercado Carrefour (ela não vai ao mercado, só a mãe), depois mais uma compra de farmácia, tudo na mesma fatura, e aí... Pirei. Nem esperei ela voltar para casa, subi no ônibus e já fui xingando, os passageiros olhando, ela pedindo "pelo amor de Deus, aqui não!". Teve também a noite em que sumiu e depois falou que ficou vendo o Big Brother na casa da tal, que foi visitar a menina, que acabou dormindo e desligaram o celular dela. Dessa vez, botei uma faca na bolsa e, quando nos encontramos, dei-lhe uma surra que deixou a coitadinha toda roxa, cheia de hematomas. Quando ela desceu do carro e tentou entrar em casa, vim atrás com a faca na mão. A família a salvou, e foi assim que cavei o ódio deles por mim. Ela foi proibida de me ver. Mas quem não gosta do proibido? Continuamos a nos encontrar. Ela ia para uma loja, o mercado, qualquer lugar, e eu vinha e punha ela no porta-malas do meu carro. Minha casa vazia, nós fazíamos amor e projetos. Foi mais ou menos nessa época que comecei a ouvir vozes. Mais precisamente a voz daquela outra mulher. Comecei a ter medo da escada porque a voz podia me empurrar, a voz me diminuía, ria de mim, dizia que ia tirar minha linda de mim, teve um dia em que cheguei a vê-las juntas num automóvel. Logo depois surtei, como já contei. Fui diagnosticada com síndrome do pânico. Fiquei três meses sem dirigir. Só andava no assento de trás com venda nos olhos. Já disseram que isso é coisa do maligno e que estou com um espírito incorporado e devia ir na macumba. Não vou, não acredito. Meu pânico é de perdê-la. Ando medicada. Tomo um ansiolítico de manhã, para passar o dia, e um comprimido no final da tarde para dormir bem à noite. Só acho que estou me atrapalhando com o do sono porque durmo mal, tenho coceira no sangue, não consigo ficar na cama.

Minha mãe resolveu me aceitar assim mesmo, amando outra mulher. Ainda não sei como contar para minha filha, a que é mais velha e capaz de entender. Consegui que meu marido me deixasse ficar em casa até arrumar um emprego. Perdi o que tinha por conta da internação. Minha amada, que uma vez pensou em viver comigo, agora já não sabe se quer. Ela tem medo que eu enlouqueça. Diz que eu não me amo, que me acho menos e que então não posso gostar dela de verdade. Mas essa, eu juro, é minha única certeza: eu tenho amor por ela. Só espero que essa minha neurose passe, essa coisa de não confiar, porque eu não confio, não tem jeito! Eu tenho a impressão de que só vou sossegar no dia em que conseguir fazer ela falar... eu não te amo, eu amo a outra. Nesse dia, então, eu vou poder dizer "eu já sabia", e aí, quem sabe, alguma coisa grande, definitiva, seja de vida ou de morte, faça essa história acabar! Mas eu a amo e não sei viver sem ela! Essa é a minha verdade, isso é só o que eu sei!

a ilusão

Ilusão é você se apaixonar por um herói e depois descobrir que ele é um bundão. Aconteceu comigo e pode acontecer com qualquer uma. Juntando as figurinhas certas, até você pode se meter na mesma confusão em que me meti.

Senão vejamos: nasci em São Paulo há trinta e sete anos. Tenho um irmão dois anos mais novo. Meus pais se separaram quando nós dois éramos bem crianças. A separação se deu porque minha mãe traiu meu pai e assumiu um casamento de casas separadas com outro homem. Um cara possessivo, ciumento e opressor. Ficaram vinte anos juntos até que minha mãe enviuvou, por assim dizer. Meu irmão e eu morávamos com ela, que era, e continua sendo, uma pessoa egoísta e individualista. Adivinhe quem ela escolheu para suas agressões físicas e verbais? Pois é, e olhe que eu nunca fui pequenininha, eu já me encaminhava para meu metro e oitenta de hoje em dia. Sou espírita kardecista e acredito que haja sempre algo a ser revisto em outras vidas, que a gente não se encontra aqui pela primeira vez. A isso atribuo a experiência de viver em família, rever ódios, raivas anteriores, encarando tudo como uma oportunidade. É muito difícil. Uma oportunidade que já se arrastou demais na minha vida. Minha mãe, por exemplo, me mandou embora inúmeras vezes, mas só fui ter condições de sair aos trinta, e, ainda assim, como se atraída por magneto, precisei voltar e voltar. Meu pai nunca foi ausente porque ligava diariamente e se preocupava conosco. Ao contrário dela, nunca foi alheio aos filhos.

Sou dependente emocional e tive um namorado durante dezesseis anos. Foi meu primeiro. Não exclusivo, porque, de vez em quando, brigávamos e eu saía com outros. Não dava certo, e eu retomava com ele. Nunca casamos, nem moramos juntos, mas tivemos dois filhos. Eu bem queria casar, e não era sequer pelo amor. Era mais pelo vestido, a cerimônia, aquela travessia majestosa pela nave da igreja, a festa. Ele nunca quis, alegando que seria um dinheiro desperdiçado. Portou-se como um verdadeiro rei do subterfúgio em fuga das responsabilidades. Sou do tipo mãezona, me dôo muito, e achava que ele tinha o dever de retribuir de alguma forma. Foi bem por isso que durante o nosso relacionamento busquei outro homem, um que fosse ideal, que me realizasse. Nunca encontrei.

Talvez por essa mesma maneira de me doar, eu tenha plantado alguma coisa nos meus namorados que os deixou encantados e faz com que me liguem até hoje, me procurando, o que me faz muito bem. Do que eu gosto nos homens? Do grau de dificuldade que possam representar, homens com cargos especiais, fortes e heróicos, inacessíveis, de alguma forma. Eu sou enfermeira, fiz especialização e dou aula de resgate e atendimento ao trauma no Hospital das Clínicas. Viu a bandeira? Para mim, herói é quem salva vidas de verdade! E quando conquisto um herói, eu me sinto especial. Um detalhe que não posso omitir é o fato de que, depois de conquistado, o cavalheiro já não me interessa mais. Possivelmente por não ser o ideal tão esperado!

Bom, meus filhos tiveram uma babá que me confidenciava que tinha dois namorados. Um deles era casado e bombeiro. Luzinha acesa, perigo, perigo. Um dia, eu o conheci, formalmente, em minha casa. A partir daí, ele telefonava para ela, eu atendia, e foi assim que começamos a conversar. Simpático, mas brigava muito com a babá por manter uma situação particular curiosa: tinha se separado da mulher, que o traíra com outra mulher, mas aceitou-a de volta, reatando tudo.

Uma boa amizade foi se desenvolvendo, separadamente, entre mim e o bombeiro e entre mim e a babá. Eu não tinha interesse nele, a princípio, e fiz de um tudo para que ficassem juntos. Até que um dia, faz dois anos, ele sugeriu que eu devia arranjar alguma coisinha por fora do meu relacionamento antigo, alguma coisa que me alegrasse e fizesse bem. O que era aquilo? Uma insinuação? Pronto, acesa uma luzona. Tomei a iniciativa. Peguei sua mão e o beijei na boca num dia em que lhe pedi carona até o hospital. Só não fazia idéia do preço estratosférico a pagar.

Quero deixar claro que não sou um ser, digamos, sexual. Meu jogo é mesmo emocional. E se você está imaginando um bombeirão malhado, musculoso, aquela coisa atlética de calendário, pode esquecer. De forte, só o que ele tem é a personalidade. De resto, é baixinho, barrigudo, careca e bigodudo. E ficou muito surpreso porque jamais imaginou ter algum tipo de relacionamento com uma pessoa do meu nível. Eu me encantei, me deslumbrei. Um bombeiro transmite essa coisa de proteção, de bravura. Quando digo que meu namorado é bombeiro, a mulherada toda, noventa por cento pelo menos, fica ah... oh... ui...

Eu me apaixonei e ele foi oportunista. Enquanto fui ingênua, ele foi displicente. Fiz uma cagada atrás da outra. Sabe aqueles telefonemas descarados, aqueles que só a gente não percebe que todo mundo percebe? Então... A babá percebeu! Ainda mais que ele deixou de procurá-la. Sumiu, pura e simplesmente. Fora meu menino ter dito um dia, na maior inocência, que tinha passeado com o tio bigode. Encurtando, o raio da babá, que já não era muito bom caráter, se aliou com minha mãe, que nunca se deu comigo e gostaria muito de me ver na lama. Perdi a empregada, mamãezinha querida contou ao meu pai e eu, não sabendo da missa a metade, convidei-o para almoçar em casa e chamei o bombeiro. Que tal? Bem pensado? Meu pai, almoçando em minha casa, na mesma mesa com o ex da babá, atual da filha? Gostou do quadro?

Terminado o almoço, já sozinhos, meu pai, que sempre foi meu amigo, me chamou de mulher de soldado, o que, para ele, quer dizer vagabunda, em outros termos. Que eu não tivesse dúvidas de que, junto com meu ex, iria me tirar a guarda dos meus filhos, que me internaria e alegaria falta de condições psicológicas e emocionais para cuidar deles. Apenas a primeira de muitas brigas e de um afastamento de quase um ano. Ele não cumpriu as promessas, mas foi à corregedoria da polícia dar queixa do bombeiro, dizendo que ele me prometera um trabalho no resgate caso eu transasse com ele. Assédio sexual, pode? O processo ainda rola. Tive que depor. Por sorte, deixaram que fosse por telefone. Assumi que tinha tomado a iniciativa e dado em cima dele. Informei também que já era especialista em resgate e tinha um bom emprego. Uma grande cagada, mas passou.

Com meu pai, as coisas estão voltando ao normal. Minha mãe continua me jogando na cara mentiras que a babá inventou. Com o herói, de quem já conheço toda a família e sei até que a filha rompeu com a mãe por conta do romance lésbico, comecei a brigar, porque não acredito quando me diz que não teve mais nada com a sapatona, desde que me conheceu. Concluo que também ele sofre de dependência emocional, seja lá de quem for.

O que mudou em mim, e está insuportável, é que não consigo mais ditar as regras. Quando brigamos e ele não atende aos meus telefonemas, ainda me desespero, não trabalho direito, não consigo viver. Detesto ter me transformado assim. Sempre fui segura e agora virei essa geléia. A cada briga, penso que não quero mais voltar, mas continuo. Tenho me esforçado passo a passo para não ser tão dependente. Já consigo entender que nossa diferença cultural, que no começo eu pensava que não incomodaria, atrapalha. Não consigo conversar sobre um livro, um filme e todas essas coisas importantes na minha vida. Racionalmente, como pode dar certo?

O bravo soldado costuma dizer que está esperando a mulher ir embora porque desse jeito é mais fácil. Confortável, não é não? Nesse tempo todo, apenas em três ocasiões passou a noite inteira comigo. Em duas delas, inventou desculpas. Na terceira, criou a esperança quando simplesmente ficou e não deu satisfação a ninguém.

Para mim, ele é um homem interrompido, sabe? Eu o conheço da porta de sua casa para fora, e tenho certeza de que não sei nadinha do que possa ser da porta para dentro. Ele acaba naquela porta. Quando não voltou para casa naquela noite, considerei um heroísmo de sua parte, já que penso verdadeiramente que ele é um bundão, um homem sem pulso para tomar uma atitude. Decidi continuar na relação até arrumar outra pessoa. Não é o ideal, mas é o que costumo fazer.

Ainda não sei ficar sozinha, e já tinha sugerido: resolve a sua situação! Nada até agora, então que se dane! Vai ficar sozinho, como já me sinto. Problema dele. E pensar que felicidade, até outro dia, era o vermelho da sirene, da viatura dos bombeiros, o vermelho da paixão e da dor que vivemos juntos e pareciam incomensuráveis!!

Sabe o que aprendi? A felicidade está onde a colocamos. Sinto-a bem dentro de mim neste momento privilegiado em que conto a história triste de um amor constrito. Um paradoxo. Gostei.

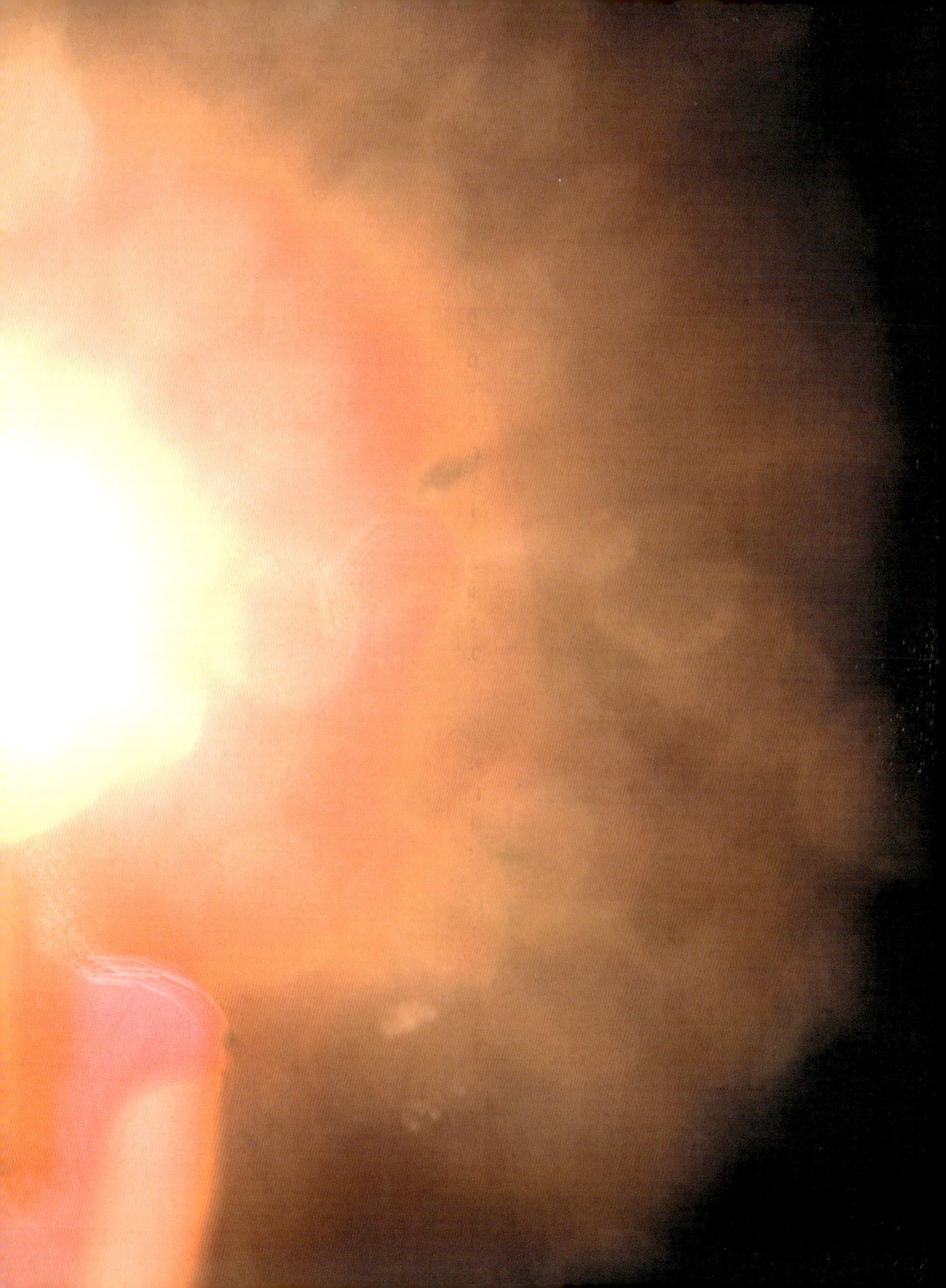

posfácio

Tudo que você leu é verdade. Fatos reais que me foram contados e que, mais tarde, interpretei. Confissões de treze lindas e corajosas mulheres. Eu as recebi em minha casa. Eu as conheci em uma reunião do MADA.

O MADA é um grupo de apoio a mulheres que amam demais. O grupo preserva o anonimato, e tem sido de enorme valia para quem quer se libertar da dependência doentia de alguém. O encontro de mulheres que se ajudam, se ouvem e se identificam na tentativa de se salvar de paixões desenfreadas.

São pessoas como eu, como você, como todo mundo, milhares, centenas de mulheres, com quem devemos cruzar em nosso cotidiano, tantas mulheres que cumprem a vocação do nosso gênero, ao amar demais, nesses tristes tempos nossos. Eu me identifiquei, em vários momentos, com o que sentiram ou viveram. O que nos faz diferente delas é que elas tudo se permitiram, nada frearam, seguiram em frente e se perderam. Agora, tentam se reencontrar.

Preservei seu anonimato. Prometi e cumpri. As que mostraram a cara o fizeram por escolha própria. Espero que compreendam o humor que descobri em cada uma e consigam rir de si mesmas, aliviadas. Assim como peço que entendam o colorido dado ao drama de suas vidas e personalidades. Sim, escancarei. São mulheres cujos excessos respeito, admirada. Eu as amo de verdade, e agradeço essa oportunidade de lhes dar voz.

Jordi Burch foi meu companheiro nessa viagem delicada. Foi numa conversa íntima, no início de 2008, que nasceu o trabalho. Queríamos falar sobre o AMOR, matéria-prima nobre e escassa, e tentar entender o mecanismo que o transforma de sublime em patológico.

Não tenho respostas. Apenas algumas conclusões particulares. Ajudaram-me num momento de transição e autoconhecimento. De resto, não sou juiz. Tentei apenas ser a pessoa a dar sabor literário a narrativas comoventes.

Isso.

MARÍLIA GABRIELA é atriz e jornalista e ainda acredita no amor.

JORDI BURCH é fotógrafo com obras expostas em Berlim, Lisboa, Buenos Aires, Cidade do México, Lima, Barcelona. Além de catalão, é malcriado em Portugal.
www.kameraphoto.com

THEODORO COCHRANE é ator, cenógrafo e figurinista. Sempre amou mais do que pôde e fez a direção de arte deste livro.

Copyright do texto © 2008 *by* Marília Gabriela
Copyright das fotos © 2008 *by* Jordi Burch

Direitos desta edição reservados à
EDITORA ROCCO LTDA.
Avenida Presidente Wilson, 231 – 8º andar
20030-021 – Rio de Janeiro, RJ
Tel.: (21) 3525-2000 – Fax: (21) 3525-2001
rocco@rocco.com.br / www.rocco.com.br

Printed in Brazil/Impresso no Brasil

CIP-Brasil. Catalogação-na-fonte
Sindicato Nacional dos Editores de Livros, RJ

G117e	Gabriela, Marília
	Eu que amo tanto / Marília Gabriela; fotos de Jordi Burch.
	Rio de Janeiro: Rocco, 2008.
	il.
	ISBN: 978-85-325-0750-1
	1. Amor – Aspectos psicológicos. 2. Relacionamento compulsivo. I. Título.
08-4446	CDD – 616.85227
	CDU – 616.691.7:159.9